ッマエナガさん
HIMAENAGA-SAN
災の禽獣。可愛い。
ごい力を持っている。
ンクのリボンはお気に入り。
ITEM
アドルフェンの
聖骸布
偉大なる聖人の
遺体をつつんだ布
あらゆる物理ダメージを
20%カットする
赤木英雄
HIDEO AKAGI
指パッチンをするだけの
ハズレスキルしか持っ
ダンジョン探索者
デイリーミッシ
一撃で敵を
ITEM
ムゲンハイール
ドクターによって開発された
無限に物体が入るケース
Verが進化し続け、
機能が増えていく
CHAR
JN049450

赤木さん、楽しんでくれるかなぁ？

『伝説のはじまり』
俺だけデイリーミッションがあるダンジョン生活
ONLY MY LIFE IN THE DUNGEON HAS DAILY MISSIONS.

ITEM
蒼い血
古の魔術師が使っていた
医療器具
MP10で充填
使用すると体力を
100回復する
ITEM
迷宮の攻略家
冒険において宝の獲得ほど
心躍る瞬間はない
モンスターの頻出地域がわかる
また迷宮に眠る財宝の
位置を暴く
餓鬼道
GAKIDO
ダンジョン財団で多くのエージェントから
慕われる、スーパーエリートエージェント。
その実体はおポンコツ様。
修羅道
SHURADO
ダンジョン財団に所属する美少女。
赤木の大学の同級生らしい。かあいい。

7階層にて
資源ボスとの戦い
生きてたらお前の勝ちでいい——

エクスカリバー
『無垢の番人』は灼熱によって、
消し炭となって、
跡形もなく消えていた。

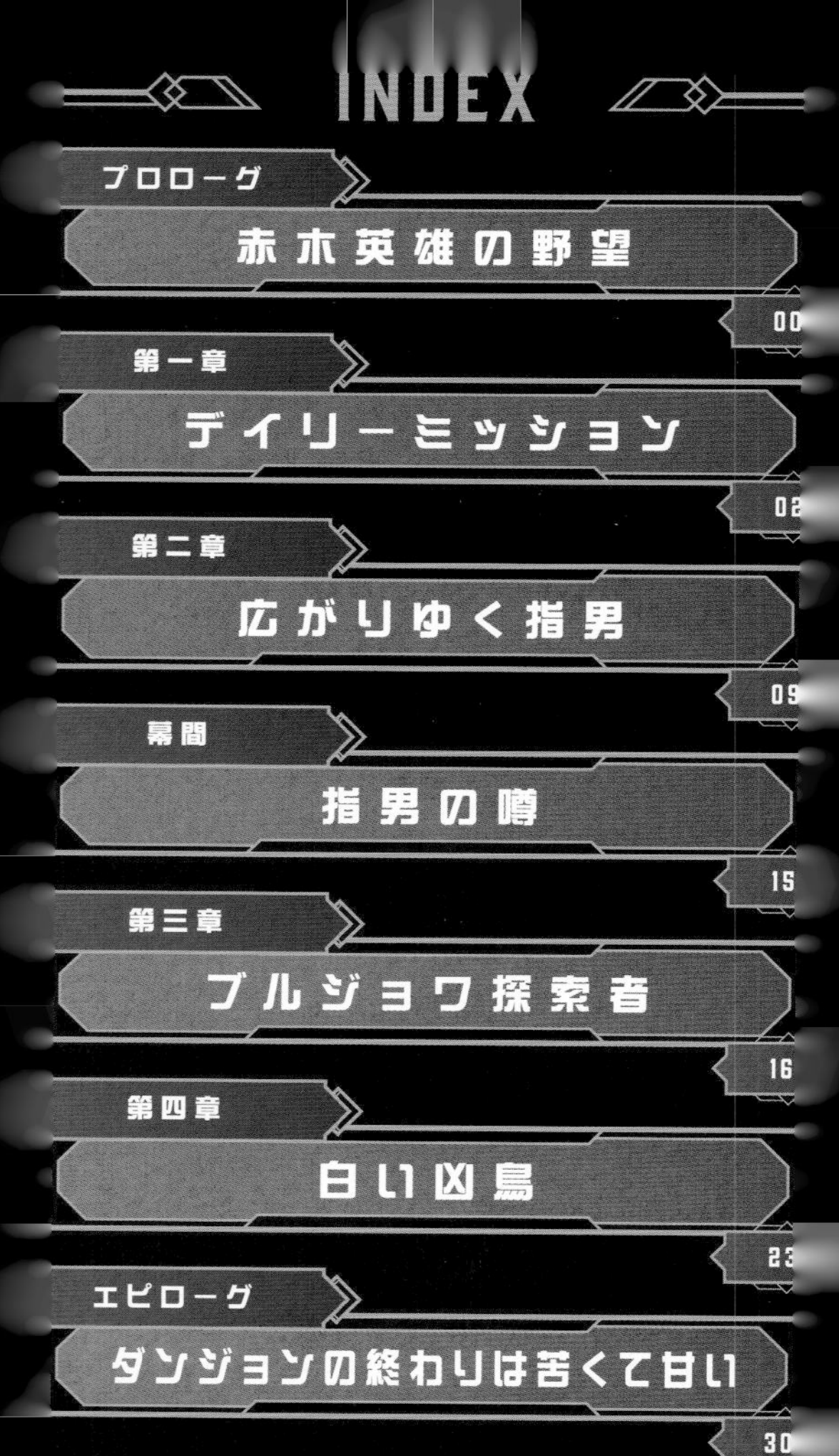

# INDEX

# 俺だけデイリーミッションがあるダンジョン生活

ムサシノ・F・エナガ

ファンタジア文庫

3267

口絵・本文イラスト　天野英

俺だけ
デイリーミッション
がある
ダンジョン生活
ムサシノ・F・エナガ
Illust 天野英
LEVEL UP!

# プロローグ　赤木英雄の野望

俺、赤木英雄はハッキリ言って天才である。

そこそこ良い大学を今年度で卒業する俺の、卒業後のプランはこうだ。

多めに借りた奨学金を元手に投資でその額を100万倍にするのだ。多めに借りたおかげで、すでに200万円も口座に入っている。ふふ、どうだ天才であろう。

これでくだらねえ就職活動なんかせず、もちろん、週5の労働なんかせずに、一気に億万長者の仲間入りというわけだ。

——と、思ったのだが。

「ん？　200万？　あー、使わねえのかと思ったから使っちゃったけどなぁー」

「嘘だろ……兄貴……一体どうやって……」

「カード置いてあったからいつものパスワードで金を引き落とせたぜ」

「勘弁しろよ、頼むから嘘って言ってくれよ……いつもみたいに新装開店に並んで負けて帰ってくるのに『今日は勝った！』とかしょうもない嘘つくノリでいいからさ」

「まあ、金は天下の回りものってことよ。ほら、よく言うだろ、老人が金を貯めこんでるせいで経済が回らねぇってよ。だからさ、金はどんどん使うべきだと思うんだ。そう！　立派な日本国民としてな！　俺が２００万も使ったのは経済のためってことよ。俺が金を使ったから競馬には夢を見れた。夢は社会を動かす。お前も俺を見習って――」

普通に殴り倒した。

殺意の波動に目覚めるという意味を俺はこの日理解した。頭ではなく、心で理解した。

「このマンモーニが、死んで詫びろ、くそ兄貴」

「ひ、ひでぇよッ！　父ちゃんッ！　俺と英雄の何が違うんだよ！　あいつの大好きな投資だってパチンコとおなじだろォ⁉」

「ああ、お前たちもう黙れ」

俺の父は堅実なサラリーマンなので、どっちつかずな態度を取ることが多いのだが、それでも今回の事件に関しては俺の味方をした。

母親も父に味方し、妹も母親に味方し、兄貴は気が付いたら家からいなくなっていた。

って、別に兄貴のことなんてどうでもいいんだ。

「最悪だ……最悪だ……俺の完璧な計画が……ていうか、２００万の借金って俺が払うのかよ……？　こんなんなら借りるんじゃなかった……最悪だぁああああ！」

「お兄ちゃんうるさいんだけど」

俺は200万円を失ったことで、地獄のような就職活動に戻らなければいけなかった。泣きながら履歴書を書き、泣きながら面接に向かい、泣きながら面接を受けて、泣きながら当たり前のように落ちる。俺は死のうと決心した。

「この世界に神はいない……そうさ、どうせ200万があったところで、神がいないんだから、儲(もう)けることなんてできないんだ……ヒヒヒ、そうさ、世の中は神がいないからこんな残酷に、俺が神に……イヒヒ」

自殺しようと家のベランダから庭に飛び降りてみたけど、痛いだけだった。

家族の誰も心配してくれねえし。「英雄が変なのはいつものことでしょ」ってお母ちゃんそらあんまりだよ。もっと我が子を愛そう？

ソファに寝転んでダメージから回復するのを待つ。

「お兄ちゃん、ん」

我が妹が無愛想に放り投げてきた黒い封筒。

それは『ダンジョン財団』からの手紙だった。

ダンジョン財団。貴重資源クリスタルや、異文明の遺産が眠るダンジョンを一括管理してるとかいう、怪しげでオカルティックな組織のことだ。数々の黒い噂(うわさ)と都市伝説の宝庫となっているらしいが、俺はさして興味がなかったので詳しくは知らない。

ダンジョン財団が俺に何の用なのだろうか。

封筒を開けてみる。

「赤木英雄さま……ダンジョン……探索者の素質あり……探索者？」

封筒の中身は、俺には探索者の才能があるとのことを伝えていた。

探索者は秘密に満ちたダンジョンと呼ばれる異空間へ足を踏み入れる職業のことだ。

ダンジョン探索者は誰でもなれるものではない。その才能は1，000人に1人の割合でしか発現しないと言う。ダンジョン環境に適応できる人間は貴重らしい。

つまり、俺は貴重な人間？　選ばれた人間……ってコト⁉

ナニコレ、完全にここから俺の物語はじまるじゃん！

すぐにソファから跳び起きて、俺は親父（おやじ）の部屋へ走った。

「トントン失礼します、父上殿‼」

「またなにかとんでもないことを言い出しそうな顔してるな、英雄」

「俺、英雄になってきます」

「……。もう好きにしろ」

「こほん。父上殿、規模の大きなダンジョンが群馬に発生中なのですが、そこで華々しい探索者デビューをしたいと思いまして、しかして、わたくしいま軍資金がなく……」

「金は貸さん」

「お願いします！　父上殿！」

というわけで、土下座して旅費と滞在費を貸してもらった。

大学のほうは単位を取り終えているので、あとは放置しておいても数ヶ月で卒業だ。

群馬県。話で聞くより、いくばくか文明らしさを感じる場所だった。ちゃんと21世紀文明があってホッとする。

さっそく、事前リサーチを元にダンジョンが発生している集落へ、いや、町へ向かう。

災害時にニュースで見そうな雰囲気のテント群を発見する。白いテントが山の麓にところせましと立ち並んでいる。キャンプの奥にはデカくて白い三角錐（さんかくすい）のテントが建っている。サーカス団のテントみたいだ。

ダンジョンの周囲の白いテント群には露店がはいっており、焼き鳥やら、ミニカステラやら、たこ焼きやら、焼きそばやらが売っている。ここはお祭り会場かな？　ビアガーデンもテント群のなかに併設されており、広いフードコートでは酔っぱらいの姿も散見される。

これは普通のことなのだろうか。普通の光景なのだろうか。ダンジョンなんて普通に生きていれば関わりのないものだ。ダンジョン財団もしかり。俺だって以前はまるで興味なかった。なのでダンジョン界隈の雰囲気や常識がまるでわからない。

すこし不安になってきた。外出したらすぐ家に帰りたくなるのはインドア派の常だが、いままさに凄く家に帰りたい。

でもそれではダメだ。それでは何も変わらない。俺は週5日労働という未来を変えるために遥々この群馬の地へやってきたのだ。これもまたシュタインズゲートの選択だ。

「へえ、ここがダンジョンキャンプかー。初めて来たなー」

わざとらしく言ってみる。

これは我が高次元知能が導き出した優しい人間を釣る高次元罠である。通称：高次元トラップ。俺の演算が正しければ、不慣れな環境で困っている初心者は助けてもらえる。

しかし、今日は高次元トラップの反応がよろしくない。誰もかれも手を差し伸べるどころか「うわ、わざとらし……キモ」という眼差しで見て来るではないか。

どうしたものか。俺は根っからの陰キャ……じゃなくて、影に生きる者シャドーウォーカー。知らない人に積極的に話しかけるなんて不可能だ。無理だ。帰るか。

諦めかけ、俺は踵をかえしてキャンプの外へ向かおうとした。

「もしかして、赤木さんですか？」

声に振り返る。女性が立っていた。

ハッと息を呑むほどに可憐であった。紅い眼は無二の色彩を持ち、恒星のような輝きを秘めていた。鮮やかな燃える赤色のポニーテールは、元気に揺れ、妖精のような白い肌は年末の寒さに赤らんでいる。質の良い白いシャツは丸みのある双丘を縁取り、豊かな膨みをみせ、胸元には赤い宝石のブローチが輝いている。ひらっと揺れるスカートから伸びる太ももは健康的で……つまり、大変に健康的だ。

一度見れば忘れられない美女が、なぜ俺のような地味ゲボカス陰キャに話しかけてくれたのか。おっと劣等感から自分を卑下してしまった。

「赤木さん、どうしてこんなところに」

なぜだか困惑した表情をしていらっしゃる謎の美女A。なんでだろう。俺がシャドーウォーカーだから？　違う。まだバレてないはず。

冷静になって考えれば、なんでこの人は俺の名前を知っているのだろう。赤木英雄はかなりシークレットレベルの高い個人名のはず。なにせ高校時代は同じクラスの女子にも「え？　赤木？　そんなやついたっけ？」と文化祭の仕事割りの際ネタにされるくらいだったから。俺の個人情報のシークレットレベルは国家機密級と言って差し支えない。

「どうして俺の名前知ってるんです？」

謎の美女Aは指を唇にあて、思案気な顔になったあと、ふと半眼になり「ふっふっふ」

といたずらな表情をした。

「どうやら気が付かれてしまったようですね、赤木さん」

なんだこのわざとらしいセリフ回しは。

「まさか……貴様は……！　高校だか、中学だかの同級生だとでも言うのか……！」

「そうです、わたしは……わたしは……同じ大学の同級生なのです！」

まさかの現在進行形。同じ大学なのに一度も見たことない。こんな美人、いたっけ。

でも、俺みたいなやつの名前覚えてくれてたのはシンプルに嬉しい。

「赤木さん、どうやら探索者になられたようですね」

「なったと言うか、なるために来たと言うか」

「ふむふむ、つまり手続きがまだということですね。では、わたしが手続きをしましょう」

「あなたの立場がいまいち掴めてないんですが」

「わたしはダンジョン財団ダンジョン対策部査定課の修羅道という者です」

修羅道？　それ本名？　変わった名前だ。

「大学生なのにもう就職してるんですね」

「え？　あー……アルバイトですよ？」

謎の美女Aもとい修羅道さんは、たははーっとわざとらしく笑って言う。なんだか含みのある言い方だが、受付嬢なら、まあ、アルバイトってこともありえそうだ。

「さあ、こちらへどうぞ。これから深き迷宮との戦いに臨むにあたって、いろいろと手続きをしてもらわないといけません」

俺は修羅道さんの案内でキャンプの奥地へ足を運んだ。

ダンジョンキャンプはおおまかにわけて二層構造になっており、外郭部と内郭部がある。外郭部は関係者以外でも自由に行き来できる屋台やらビアガーデンやらが並んでいるエリアで、内郭部は探索者や財団職員そのほか警察官に自衛官など、関係者らだけが足を踏み入れられるエリアである。

両エリアを遮っているゲートの前では、銃武装した警察官らが立っていた。

緊張しながらくぐり、ひときわ大きなジャイアントテントへ赴く。

「ここがダンジョンキャンプ対策本部です。キャンプの心臓とでも思ってください！」

ダンジョン財団から実家に届いたダンジョン探索者推薦状と、運転免許証とマイナンバーを提出して、もろもろの手続きを終えて、ダンジョンブローチなるものを渡された。艶消しの施された金属製の装飾品だ。裏に『Eランク』と書かれている。

俺、ブローチなんてオシャレなもの着けたことないんだけ——針痛ったァッ⁉

「ブローチは探索者ランクを表すのと同時に、身分を表すチップも入ってますので、絶対に、ぜーったいに無くさないでくださいね！」

修羅道さんは念押しして言ってくる。

俺はちょっと背筋伸ばしながら「ええ、もちろん」と気取った返事をする。

この人、本当にかあいい。念押しするのかあいい。なにしてもかあいい。

「では、わたしは一旦このあたりで失礼しますね。いろいろご案内したいのですが、仕事がありますので」

俺の下心がバレたのか、一瞬で離脱されてしまった。

もうかあいい連呼しないので戻って来てほしい。だめですか。そうですか。

「あとのことはこちらのミスターに案内してもらってください。ミスター、彼をよろしくお願いします！」

修羅道さんはそう言って、白髪の筋肉を置いて行ってしまった。

「ふむ、見ない顔だな。新人探索者というわけか」

話しかけてくる白髪の筋肉だ。デカい。デカすぎる。身長2ｍじゃきかない。デカすぎてエスカノールみたいになってる。こんなやつ現実にいるのかよ。ダンジョン界隈やば。

「ど、どうも……」

「ようこそ、ダンジョンへ。知りたいことも多いだろう。それともさっそく稼ぎたいか？」

「稼ぎたいです！」

「はは、素直な男だ。気に入った。しかし、あいにくとこのダンジョンは時間が掛かっている。それだけ長い時間をかけて念入りに探索され尽くしてるということだ。だから、浅い階層は採掘され尽くして資源は残っていない可能性が高いだろう」

「もう何もないんですか？」

「ほとんど、な。深いところは話が別だが」

ミスターいわく、ダンジョン資源は有限なので、たくさんの探索者がイナゴの軍勢のように採掘すれば、すぐに資源を採掘しきってしまうらしい。

とはいえ、採掘し、資源を獲得することだけが、探索者の仕事ではない。ダンジョンにおける探索者のメインミッションは、ダンジョンを倒すことだ。そして、危険なモンスターがダンジョンの外へ出て来ないうちに、ダンジョンを消失させること。

だいたい、１週間～１ヶ月での攻略――ダンジョンボスが倒される――が多いらしい。ダンジョンごとに難易度と埋蔵資源の差があるが、ひとつのダンジョンから得られるクリスタル資源は最低でも数十億円クラスだとか。

採掘したクリスタルはすべてダンジョン財団が買い取ってくれる。使い道は財団の上層部しか知らない。噂では、あらゆる物質に変換できる暗黒物質を生産したり、あらゆる病を完治させる医薬を開発していたり、兵士の身体に注入して超人をつくりだす劇薬を開発してると言われている。いわゆる陰謀論だ。オカルトだ。どれも憶測の域を出ない。

「ステータスとつぶやいてみなさい。ダンジョン財団の認めた探索者ならスキルに覚醒してるだろう」

言われた通りに「ステータス」と呟く。

---

赤木英雄【レベル】0

【HP】10／10【MP】10／10

【スキル】『フィンガースナップ』

---

フィンガースナップ？

「どうだ？」

「なんか強そうなスキルがあります」

「本当か。私に閲覧許可をくれるか？」

ステータスは他者には勝手に見えないようになっているらしい。なのでステータスを持っている者が許可を出す必要がある。見ていいよミスター。

「っ、レベル0だと……それに最初に覚醒したスキルは『フィンガースナップ』か……」

「その顔、さては最強の能力ですね」

「いや……まあ、何事も本人次第ってやつだな」

「なんですか、その反応」

「スキルは探索者がそれまでに修めた技術だったり、経験した特別な出来事だったり、いろいろと因果関係をたどって覚醒に至るらしいんだが……フィンガースナップはその名の通り指パッチンのことなんだ。まあ、そのなんだ、君は指パッチンができる、そうだな?」

俺は指を鳴らす。中学生の頃、俺は指パッチンを極めると火花を起こせて、その火花を相手にぶつけることで、発火させることが可能だと信じてた。SNSでもゲームでもアカウント名を焔(ほのお)の錬金術師にしたくらいだ。

「よく乾いた良い音だ」

「ありがとうございます」

「フィンガースナップ。まあ、使ってみればわかる。ダンジョンにさっそく入ってみようか」

そういうことか。やっぱり発火能力、ですね？（自信）

発火能力だから、人の多いここじゃ試せないってこと、ですね？（確信）

テントで囲まれた真っ黒い門をくぐって、ダンジョンへ降りてきた。

「運がいいな。あそこに1階層の生き残りモンスターがいるぞ」

見やればチワワが可愛らしくお座りしてこちらを見つめている。

あれがモンスターか。ちょっと可愛すぎるな。

さっそく狙いをつけて指を鳴らす。

チワワみたいにちいさなモンスターの鼻頭がパチンと光った。

「ん？」

「おしまいだ」

モンスターが逃げていく。

「あの……」

「おしまいだ。それが『フィンガースナップ』なんだ」

ステータスをもう一度開いてみる。

赤木英雄【レベル】0
【HP】9／10【MP】10／10
【スキル】『フィンガースナップ』

なんか体力減ってるし……。

「『フィンガースナップ』は通称、最弱スキル。指を鳴らして、相手を火花で驚かせるんだ。ちなみに面白いのはMP消費じゃなくてHP消費のスキルということだな」

「くっそみたいなスキルっすね」

俺はうなだれた。

# 第一章　デイリーミッション

俺は３日ほどほかの探索者たちと共にダンジョンに潜り、恐るべきチワワ軍団に挑み続けた。共にというか正確には寄生してと言うべきかもしれないが。

「赤木（あかぎ）さんさがってくださいー‼」

「いえ、ここは俺が。ジャッジメント・フィンガー‼」

「『フィンガースナップ』じゃなにもできませんからー‼」

「うぉぉおおおおおお‼」

どれだけ気合をいれてもダメだった。

「夜より暗く、朝より明るく、敵を滅ぼせ――必滅のフィンガースナップぅぅうッ！」

「赤木さがってろ！　邪魔くせえ！」

必殺技を叫ぼうともだめだった。俺にできるのは命を削って、相手を火花でびっくりさせること。その事実が覆（くつがえ）ることはなかった。

クソ。まじクソ・オブ・クソよ。なにこれ、なんなのこのスキル。

３日目、一応、資源ボスなる者の攻略に参加した俺だったが、ずっと後ろの方で見ていただけでこれといった活躍はなかった。みんなカッコよく戦ってたのを眺めていただけだ。

だが、学びを得た。数日ダンジョン界隈に身を置くことで、探索者やスキル、ダンジョンについても知識をつけることができたのだ。

まずはスキル。スキルにはいくつかの系統があるらしい。近接攻撃系、遠隔攻撃系、強化系、弱化系、回復系、特殊系……いろいろとね。

ステータスについても知識がついた。ステータスは祝福のような概念であり、俺たち探索者の筋力だったり、耐久力だったりを上昇させてくれている。上昇値はレベルアップとともに増えていくが、増え方には個人差があり必ずしも皆が皆、戦闘が得意になるわけではないという。

探索者は大きく分類すると戦える探索者と戦えない探索者になる。

ダンジョン攻略の主役はなんといっても戦える探索者だ。ダンジョン財団がダンジョンモンスターを倒すために開発した魔法剣をふりまわして主人公みたいに立ち回っていた。

ちなみにダンジョンモンスターたちに通常兵器は効かない。探索者だけがダンジョンに入れるし、探索者が纏っている特殊な波動だけがモンスターにダメージを通せるらしい。

うなだれている俺のもとへ、ミスターが怪物エナジーを片手にやってくる。

俺は黙ってぺこりと礼をして、怪物エナジーを受け取り、グビッとあおり飲んだ。

「赤木、探索者っていうのはな、それだけでも凄い素質なんだ。なにせ1，000人に1人の才能だからな。だから、ダンジョン財団の武器を買って、堅実に戦えばいい」

「聞きましたよ。探索者は初期レベルやスキルの数や質で将来性がだいたい決まるって。ダンジョン因子って言うんですよね？　その因子の質がそのまんま才能らしいですね」

「……。そうだな。この際、ハッキリ言おうか。私は初めからスキルを6つ覚醒させていた。レベルは30あった。私のダンジョン因子は特別に強い。連日このダンジョンに潜っていた者はみんな初めからスキルを複数持っていただろうし、レベルもどんなに低くても1からのスタートだっただろう。赤木と同じレベル0スタートの探索者は見たことがない。ダンジョンは厳しい世界だ。命の危険が付きまとうからな。強い者しか残っていけない。強いということは才能があるということだ。才能がないと、すぐにレベルが上がりにくくなる。モチベーションもやがて枯れる。探索者は神秘に挑み、異次元の迷宮と戦う運命を背負っているが……初動でレベル0かつスキルが『フィンガースナップ』だと……その、なんというか……長くは続かないだろう」

ベテラン探索者のミスターでも見たことがないくらいの落ちこぼれということだ。

そんなことだろうと思ったよ。

俺は昔からダメなやつだった。小学生の頃は足が遅くて劣等感を感じた。中学生の頃はクソデブだから運命を呪った。高校生の頃は勉強ができないから将来に絶望した。

俺はいつだってダメなやつで、ずっとみじめだった。

中学生の頃から変な正義感でいじめられてる生徒を助けようとした。結果、不良に目をつけられていじめられた。それから誰も俺の相手をしなくなった。数少ない友人との繋（つな）がりも絶たれて以来、友と呼べるやつは今もっていない。

彼女をつくるなんて夢のまた夢だ。ＦＰＳも下手くそだ。

人間にはひとつやふたつ必ず取り柄があると言うが、俺には何も良いところがない。だから、俺はどうにか逆転してやろうと思った。探索者の才能。それこそが俺に与えられた人生を変えるための才能だって思ったんだ。

結果は出た。

神は二物を与えない。俺は一物も与えられなかった。

あーあ、本当にくだらねえ。やっぱりか。やっぱりだよ。

結局、俺はいつもどおりダメなやつで終わるんじゃねえか。

「この３日間、ありがとうございました。本当にお世話になりました」

「赤木……。そうだな。人には向き不向きがある。自分の道を選べるのは自分だけだ」

こうしてミスターと別れた。短い夢は終わった。

傷つかないうちにさっさと諦めてしまおう。

ホテルへの帰り道。老婆が赤信号に気づかず横断歩道を渡ろうとしている現場にでくわした。

――パチンッ

「わっ、ビックリ……あら？　いやだねぇ、あたしったら、赤信号なのに渡っちゃうところだったよぉ」

老婆を火花で驚かせて思いとどまらせた。俺の『フィンガースナップ』は当てやすい。ミスターいわく「当てにくいところも雑魚（ざこ）スキル、げふんげふん、難しいスキルと言われている由縁だ」そうなので、命中率に関してだけ言えば、俺には才能があるらしい。だから、こうしてちいさな人助け程度になら……まあ、使えなくもない。

「ごはっ！」

かわりにＨＰ使うから吐血するけど。

いや、やっぱ、クソだわ、このスキル。流石（さすが）は雑魚スキル。

ホテルに帰って、ベッドに身を投げる。目を閉じて、そのまま俺は眠ることにした。埼玉の実家に帰った時のことを考えながら。

憂鬱な気分になりながら、スマホに手を伸ばす。ダンジョンチューブで動画でも見ながらだらだらと寝落ちしよう。

「ん？　なんだこれ……」

スマホのうえに何やら黒いファイルを発見した。クリップファイルというのだろうか、本のようになっているカバー付きのバインダーだ。黒革製の二つ折り仕様になっていて、なかなかに高級感のある作りは、ビジネスシーンで好まれそうだ。

なんでこんなところにクリップファイルがあるのか、さっきまでなかったようなとか思いながら、恐る恐る手に取り、開いてみる。クリップファイルには1枚の白い紙が挟まっており、ごく簡素な文字で『デイリーミッション』と題名が打たれていた。

---

【デイリーミッション】　毎日コツコツ頑張ろうっ！

『伝説のはじまり』　ジャケットを着る０／１００　ジャケットを脱ぐ０／１００
　ジャケットを投げる０／１００　ジャケットを拾う０／１００

【継続日数】０日目　【コツコツランク】ブロンズ　倍率１・０倍

---

デイリーミッション？　なんだよこれ……コツコツ頑張ろうって。

「伝説のはじまり……？」

俺の脳裏に電撃が走った。

「……そうか……みんなやたら強いと思ってたけど、そういうことか。うんうん、ソシャゲならデイリー消化はマスト。ダンジョン探索者にもデイリーがあってもおかしくない」

となると、俺は探索者デビューしてからこの数日デイリーをやってなかったってことになるのか？　最悪だ。詫び石を受け取り忘れた気分だ。

俺はデイリーの文字を信じて、ジャケットを脱いでみた。

『ジャケットを脱ぐ』という項目のカウントが変化する。『0』という文字が溶けるように消えて、焼けつくような赤い熱で『1』という数字が代わりに刻まれた。この白い紙、タブレット画面のように変幻自在に情報が書き換わるというのか。皆目見当がつかない原理が働いている。摩訶不思議である。

今度はジャケットをポイッと床に投げてみる。すると『ジャケットを投げる』という項目が『0』から『1』に変わった。

間違いない。俺の動作に連動して、このデイリーミッションは進行している。

これを達成した時なにがあるのか。

俺はわくわくしながら、ジャケットを脱いで、投げて、拾って、着て、脱いで、投げて、拾って、着て——これめちゃ腕が痛くなるんだが。

「ひゃ、百回……」
　ようやく終わった。

---

【デイリーミッション】　毎日コツコツ頑張ろうっ！
『伝説のはじまり』ジャケットを着る１００／１００　ジャケットを脱ぐ１００／１００
　　　　　　　　　ジャケットを投げる１００／１００　ジャケットを拾う１００／１００
本日のデイリーミッション達成っ！
【報酬】１，０００経験値
【継続日数】１日目【コツコツランク】ブロンズ　倍率１．０倍

---

　ピコンピコンピコン！
　不思議な音が聞こえた。直観でわかる。これはレベルアップの音だ。

---

赤木英雄（ひでお）【レベル】６（６レベルＵＰ）
【ＨＰ】10／56【ＭＰ】10／20
【スキル】『フィンガースナップ』

すごい、レベルアップしてる。

それも一気に６レベまで来た。

ＨＰはいままでの５倍、ＭＰは２倍だ。

これで仕組みがわかった。みんなが強い理由。

当たり前のようにデイリーミッションを消化して、経験値を貰(もら)っているからに違いない。

「デイリーミッションってことは明日もできるのか？　はやくやりたいな……」

そんなことを思いながら、クリップファイルをテーブルに放り、ベッドに飛び込んだ。

まだだ。まだ終わらんぞ、俺の夢は。一攫千金(いっかくせんきん)は。探索者の夢は途絶えていない。

翌日、デイリーミッションが戸棚に目立つように立てかけてあった。この黒いファイルって誰が届けてくれているんだろう。専門の業者でもいるのだろうか。不思議だ。

【デイリーミッション】　毎日コツコツ頑張ろうっ！
『ドント・ブリーズ』息を止める　０時間00分／５時間00分
【継続日数】　１日目　【コツコツランク】　ブロンズ　倍率１・０倍

本日のデイリーミッションは『ドント・ブリーズ』か。こんな映画あったような気がする。

というか待ってね。えーと……息を止める、5時間。はい、死です。

いやいやいやいや、何かがおかしい。えぐいて。どういうことそれ？

なんかもうさっそく、コツコツできないタイプのデイリー混ざって来たんですが。でも、デイリーミッションだからなぁ……マストでこなさないとだよなぁ……。

困惑しながら、俺はとりあえず息を止めてみた。もしかしたら、5時間できるかも……

いや、無理だろ。

1

ソシャゲとかには毎日こなして石を貯めるためのデイリーミッションがある。石っていうのはガチャガチャを回せる魔法の石のことだ。結晶石でも、エメラルドでも、魔法石でも、聖晶石でも、オーブでも、呼び方はなんでもいい。石は石だ。

そんな石を貰う日々の試練にははずれデイリーと呼ばれる類いのものがある。作業でしかないのにやたらと時間を喰うデイリーミッションが該当する。

アイテム渡すだけでOKなのとか、ちょっとしたお使いをやらされるのとか、デイリーミッションにもいろいろある。敵を倒すだけとかなら脳死でできるが、お使いだと移動するっていう思考をしないといけないから面倒に感じる。

いや、面倒くさいならゲームやめろよ、ってそういう話じゃあないんだ。

うーん、そろそろ、息が苦しくなって参りました。

「ぶはぁッ！　もう5時間経ったろッ⁉」

---

【デイリーミッション】　毎日コツコツ頑張ろうっ！
『ドント・ブリーズ』息を止める　0時間3分／5時間00分
【継続日数】　1日目　【コツコツランク】　ブロンズ　倍率1・0倍

---

地獄。ただの地獄。ヘル・オブ・ヘル。

ただ、今ので2つのことがわかりましたよと。

ひとつ目、俺の肺活量はMAXで3分ということ。

こんなに長く息を止められなかった気がするけど。レベルアップで生物としての機能が全体的にグレードアップしたんだろうか。

ふたつ目、この5時間というの、連続じゃなくていいらしい。おそらくは息を止めた合計時間だ。ならまだやりようはある。というかそうじゃないと詰みなので困る。

俺は少し息を整えて、再び息を止めた。苦しくなったら呼吸をする。そうやって断続的に息を止め続け、自分が何をしているのか、何のためにこんな苦しく、不毛なことをやっているのか、啓蒙哲学への道に目覚めそうになる頃、窓の外は真っ暗になっていた。

【デイリーミッション】　毎日コツコツ頑張ろうっ！
『ドント・ブリーズ』息を止める　5時間00分／5時間00分
本日のデイリーミッション達成っ！
【報酬】『スキル栄養剤』『先人の知恵C』
【継続日数】　2日目　【コツコツランク】ブロンズ　倍率1・0倍

地獄が終わった。たぶん、酸欠で脳細胞の半分くらい死んでいる。

ん？　今回の報酬はアイテムなのだろうか。昨日とは形式が違う。

「なんだこれ」

デイリーミッションの用紙の下の方、焼け焦げるように加筆された文字【報酬】が点滅している。指でなぞると、古ぼけた革表紙の本とエナジードリンクが飛び出して来た。

触れるとそれぞれにアイテム表示が現れた。

「まさか異常物質(アノマリー)か？」

異常物質(アノマリー)。たびたび地上で見つかる常識からかけ離れた効果をもたらすアイテムだ。探索者ならばアイテム表示を確認することで、それが異常物質(アノマリー)なのか通常物質なのか容易に判断ができるらしい。ミスターに教えてもらった。

まさか俺のような平凡なやつが異常物質(アノマリー)に見(まみ)える日が来るなんて。

試しに古ぼけた本のほうを開いてぺらぺらめくってみる。

「こ、これは、わかる、わかるわかる！　わかるわかるわかるが入り込んでくる！」

ピコピコピコーンッ！　ピコピコッ！　ピカッ！

最後光ったけど、たぶん連続でレベルアップしたってことだろう。

「ステータス」

---

赤木英雄【レベル】12（6レベルUP）
【HP】56／104【MP】20／41
【スキル】『フィンガースナップ』

ＨＰは48上昇、ＭＰは21上昇した。

バカほどレベルアップだよ。デイリーミッションってすごい。

自分の人生見つめ直すほどの苦行乗り越えただけの報酬は貰えるってことか。

それで、こっちの魔剤はなんだ？

プルタブを引いて一気飲みする。カフェインが効いた痺れる味わいだ。美味すぎる！

（スキルレベルがアップしました）

スキルレベル？　というか誰のナレーションですか？　そこら辺詳しく伺っても？

（スキルレベルがアップしました。はやく確認してください）

声の主は、深くは追及させてくれないらしい。

ステータスを見やると【スキル】『フィンガースナップ』が『フィンガースナップＬＶ２』へとバージョンアップしていた。『スキル栄養剤』とかいう怪しげなエナジードリンクを飲んだことでスキルがパワーアップしたようだ。

思わずステータスウィンドウのスキルを指で撫でる。すると――

『フィンガースナップＬＶ２』

指を鳴らして敵を発火させる　生命エネルギーを攻撃に変換する
【転換レート】　ATK5：HP1
【解放条件】フィンガースナップでモンスターにトドメを刺す

---

スキル説明が表示された。触れば詳細を確認できたらしい。

というか『フィンガースナップ』ってダメージあったのか。てっきり相手をビックリさせるだけかと……ん？　ということはつまり俺、横断歩道の老婆にダメージ与えちゃってね？

解放条件について、俺明らかにトドメ刺してないような気がする。

もしかして、あのエナジードリンクって解放条件を無視してスキルレベルを上げるぶっ壊れアイテムだったのか？

やばい、使っちゃった。勿体無いことしたかも……いや、待てよ。よくよく考えれば、『フィンガースナップ』でモンスターにトドメとか無理ゲーすぎたから、むしろエナジードリンク使わないとLV2があること自体気づかなかったのでは？　うんうん、そう考えれば、これは全然ムダなんかじゃない。むしろファインプレーだ。

「はあ、今日もデイリーミッション頑張ったなぁ～」

達成感と5時間息を止めたことによる疲労で、俺はすっかり眠くなっていた。

その晩は、親父から借りた金でウーバーを頼んで泥のように眠った。

翌朝、デイリーミッションが届いていないか部屋のなかを探す。

あった。テーブルに置いてあった。出現場所に規則性はないのだろうか。手の届く範囲に現れてくれているからよいのだが。

探索者にとってデイリー消化はマスト中のマスト。ミスターもほかのみんなも当たり前にこなして、日々の生活や、ダンジョン攻略をしてるに違いない。俺も頑張らないと。

---

【デイリーミッション】　毎日コツコツ頑張ろうっ！
『約束された勝利の指先』エクスカリバーと叫びながら指パッチン　0／1，000
【継続日数】　2日目　【コツコツランク】ブロンズ　倍率1・0倍

---

ほとんど罰ゲーム。

いや、逆に考えるんだ。指先を鍛えるって意味じゃ俺のためにあるようなデイリーじゃないか……って。……なにこれ、本当にみんなこんなことやってんの？　ねえ？　俺だけな気がしてきたけど、みんなやってんだよね？

「え、エクスカリバー……」

――パチン

だめだ。項目の進捗状況は『0』のまま、数字が書き換わる雰囲気はない。

「エクスッ、カリバーァアア！」

――パチン

『エクスカリバーと叫びながら指パッチン　1／1，000』……1進んだ。

クソ。まる。声量が大事ってことですかね。なるほど。クソ。まる。

2日連続で地獄みたいなデイリー引いちゃったよ。

この日も午前は、封印ガチガチの小声カリバーをひたすらにやることになりました。これは世界を救う戦いである。エクスカリバーッッッ‼

2

俺は叫び続けた。そして、指を鳴らし続けた。

壁ドンとかされたけど、一層の声量でもって叫び続け、逆に隣人を追い出した。俺のエクスカリバーは何人にも邪魔はさせないのだ。

レベルアップしてるおかげで、なんとか耐えられたが、素の人体だったら1，000回の指パッチンなんてとても耐えられない。指とれちゃってることだろう。

---

【デイリーミッション】毎日コツコツ頑張ろうっ！
『約束された勝利の指先』エクスカリバーと叫びながら指パッチン
　1，000／1，000
本日のデイリーミッション達成っ！
【報酬】『先人の知恵C』
【継続日数】3日目【コツコツランク】ブロンズ　倍率1・0倍

---

報酬のために俺は道徳心と名誉を捨てた。だが、これでいいのだ。そう言い聞かせて心の安寧を保つ。……デイリーくん、重くね？
とりあえず『先人の知恵C』とかいう異常物質（アノマリー）は使ってしまおうか。
ピコピコンピコン！

---

赤木英雄【レベル】15（3レベルUP）

【ＨＰ】１０４／１４０【ＭＰ】41／48
【スキル】『フィンガースナップLV2』

ＨＰは36上昇、ＭＰは7上昇した。

うん、順調。俺もなかなか成長してきたな。

昨日みたいに地獄のような激重デイリーじゃなかったからまだ外は明るい。

時間が残ってるので、ダンジョンに顔を出してみようと思う。

「さてダンジョンを検索しようか」

探索者がダンジョンを探す方法はいくつかあるが、現代ではおもにダンジョン財団公式ホームページやＳＮＳで情報を参照するのが一般的である。

ＳＮＳでダンジョンを探してみると、どうやら近場に発生していることがわかった。ダンジョンまではホテルからはバスと徒歩であわせて2時間の距離だった。

スマホを片手にダンジョンへの道を進んでいくと、白いテント群を発見した。

俺の第二のダンジョン挑戦がはじまる。

大丈夫だ。俺は強くなったんだ。以前のデイリー消化すら怠っていた俺はもういない。

探索者たちが情報を共有するダンジョン対策本部は、すでに活気に満ちていた。

ベテラン探索者たちの話し声が聞こえてくる。

「今回のはデカイ。サーチをかけたら、20階まであるとわかったって話だぜ」

「20階層か……久しぶりにクラス3のダンジョンってわけだ」

どうやら、今回のダンジョンは俺が初挑戦したダンジョンとは比較にならないほどデカイ山らしい。

「ん、お前……赤木じゃないか」

白髪の筋骨隆々男がのっそり近寄って来る。

我が心の師ミスターである。腰に大きな両手斧を下げているが、本人がデカすぎて片手斧に見えるのはご愛嬌。なお実際にこの人は片手で使う。つまり変態。

「探索者を続ける気になったのかな」

「はい。コツコツ、頑張ろうと思って」

「そうか、自分の道を決められるのは自分だけだからな。お前の選択を尊重するぞ」

コツコツってところにアクセントを置きました。ミスターは「そうさ、デイリーミッションをコツコツこなすことが大事なんだ」って答えてくれたんだろう。わかるわかる。

「今回のダンジョンはどんな具合ですか？　もうボス部屋攻略隊は組まれましたか？」

「まだまださ。ダンジョン財団は慎重だ。いまは準備段階の準備段階だな」

ミスターいわく、ダンジョン攻略にはおもに3つのステージが存在するらしい。

〈ステージ1〉

ダンジョン財団の捜査。

財団の保有する探索者たちを使って、そのダンジョンの性質を明らかにするためにさまざまな事前調査が行われる。ダンジョンの規模・モンスター・階層などを基準にクラス分けを行い、民間の探索者たちを招き入れる。

〈ステージ2〉

ダンジョン攻略。

実際に探索をし、クリスタルや異常物質（アノマリー）を採掘する段階。最深部を目指して進む。

〈ステージ3〉

ボス討伐。

最深部にあるボス部屋発見後、あらかた資源を回収したのち、ボス部屋攻略隊が組まれ、大きな戦力を投下してボスを撃破する。

「ダンジョンクラスが発表されるぞ！」

探索者の誰かが言った。俺はダンジョン財団公式アプリから、今いるダンジョンを検索して、更新されたばかりの最新情報に目を通した。

判定はクラス3ダンジョン。大型のダンジョンとされるクラスだ。

ちなみに以前俺が入ったのはクラス2である。

探索者たちが荷物をまとめて、武器をさげて、続々とダンジョンへと進んでいく。

「赤木、一緒に行ってやろう」

「よろしくお願いします」

俺とミスターはともに第1階層へと挑んだ。

さっそくモンスターが現れた。見た目は完全にチワワだ。だが、侮ることなかれ。あれはダンジョンチワワと呼ばれる超危険なチワワなのだ‼

「赤木、お前武器持っていないようだが……？」

「まあ、見ていてくださいよ」

指を鳴らす。HPをATKへ。『フィンガースナップLV2』の変換レートは1：5。

そうだな、とりあえずHPを10くらい使ってみようかな。

――パチンッ

小さな爆発が起こってモンスターが爆炎に飲まれた。そのまま、消し炭になり、跡形もなくなる。残ったのは光の粒だ。

やった。倒した。俺が倒したんだ。俺だけでモンスターをやっつけたんだ。

嬉しさがこみあげて来る。

「っ、赤木、なんだそれは？」

「指パッチンですよ。どうですか、ちゃんと攻撃できましたよ」

「『フィンガースナップ』にそんな威力があるわけ……ステータスを見せてくれるか？

──フィンガースナップ……LV２だと⁉ クソ雑魚スキルにそんなものが存在していたのか‼」

めっちゃびっくりしてますね〜ミスターさん〜。あれ？ でも、サラッとクソ雑魚スキルって言いませんでしたか？ 気のせいですか？ 気のせいですよね？

「というか、赤木、お前、レベルが……っ、何をしたんだ、何をすればこんな短期間でレベルがあがる？」

「デイリーミッションですよ」

「デイリーミッション？（なにかの隠語か？）」

「デイリー消化、もちろんミスターもしているんでしょう？」

「デイリー消化……（隠語、だな）。ああもちろんしてる（日課としてオリーブオイルを

スプーン一杯飲んでる）」

「毎日、コツコツやっていれば人間成長するものですもんね。まあ、俺の場合はちょっとキツメのやつを連日こなしたんでたくさんレベルアップしましたけど」

「なるほど……お前めちゃくちゃ頑張ったな……（他のダンジョンで特訓したということか。相当にガッツのあるやつだ）」

俺はミスターに『フィンガースナップLV2』の詳細を見せてあげた。

「HP交換な分、MPを消費して発動するスキルより、数字自体が高めだな。LV2のスキルにしては理論最高火力が桁外れに高い。これはとんでもないことになるかもな……」

「今の爆発でHP10です」

「だとすると防御力を持たない敵に対して50ダメージと言ったところか。ここは第1階層だ。そこまでの威力は必要ないと思うぞ？　ダンジョン探索は持久戦の面も多分に含んでいる。リソースは最大効率で使う必要がある」

ミスターのアドバイスを参考に、最低限の消費でモンスターを倒すことを優先して、HP1消費でATK5の指パッチンをメイン武器にすることにした。

「『フィンガースナップ』をLV2にしたのはお前が世界で初めてだろうな」

俺はゲームではマイナー武器使いと呼ばれる人種だ。使用人口の少ないスキル。俺にふさわしいじゃないか。

指を2回鳴らす。モンスターがひっくり返った。光の粒子となり、俺の身体(からだ)の中へ。

光の粒の温かな感触。経験値を獲得していると考えてよさそうだ。

1階層のモンスターなら指パッチン2回の合計ATK10で倒せる。意外と脆(もろ)い。

「なにか落ちてますね。これは何ですか？」

「それはクリスタルだ。運がいいな。それなりの大きさだ」

チロールチョコくらいのサイズの光る水晶。

これがクリスタルか。財団が集めているオカルトな資源。透き通っていて綺麗(きれい)だ。聞けば、これで数千円の価格はつけてもらえると言う。

最高です。数千円あったら寿司(すし)を食べるという超贅沢(ぜいたく)ができる。

今日は時間がなかったから、チロールチョコを3つばかり手に入れて引き上げることにした。ミスターは「私は1階層のモンスターを倒しても仕方ないから」と獲物を俺に譲ってくれた。彼ほどになると、はした経験値や、はしたクリスタルなんて興味がないのだろう。

まあ、俺はかき集めますけど。一粒残らず、姑息(こそく)に、卑(いや)しく、かき集めますけどね。

ダンジョンからの帰り、査定場所にクリスタルを提出しにいく。

基本的にクリスタルはすべてダンジョン財団が買い取ってくれる。というかキャンプから持ち出すのは禁止である。一般人にとってはただの光る石でしかないので、ここでお金に換えてもらうのが常識だ。

ダンジョンキャンプ対策本部へ赴く。そこに査定所はある。白い三角錐のサーカス団みたいなテントだ。一番デカいテントと認識すればいいので、俺でもすぐに覚えられた。

ん？　査定所に見覚えのある赤い髪の美女の姿が……って、修羅道さん？

修羅道さんだ。間違いない。あんな可憐で綺麗な人は他にいない。

もう二度とダンジョンキャンプじゃ会えないと思っていた。

もしかしたら群馬担当とかなのかな？　いや、でも群馬って言ってもダンジョンいっぱいありそうだし……俺と大学同じなら埼玉通いだろうから埼玉のダンジョンとか担当したほうがいいんじゃない……かな？

だとしたら奇跡的な確率での再会じゃないか？

遠目に見ていると、ふと赤い眼差しがこちらを向いた。

「どちら様ですかー？　なにか御用でしょうか？」

修羅道さん俺のこと覚えてねえよ……まあ、毎日毎日たくさんの人を相手してたらそうなるだろうけどさぁ……。

「あはは、冗談ですよ、お帰りなさい、赤木さん。今日もちゃんと生きて帰って来ましたね！　えらいえらい！」

心臓に悪い。冗談でよかった。覚えててくれて嬉しいな。

でも、依然として言葉の端々に毒がこめられている気がするのは気のせいでしょうか。

生きて帰るだけで褒められております。それは期待していないことの裏返しなのでは。

---

【今日の査定】

小さなクリスタル　×　４　平均価格2，２０１円

【合計】８，８０６円

【ダンジョン銀行口座残高】８，８０６円

---

「数日前とは見違える成果ですね！　すごいです、赤木さん！」

「フッ、まあ、これくらいは楽勝ですとも」

修羅道さんいわく、ラッキーな日だったとのこと。安定してこれくらいは稼げるようにならないと……いや、俺の夢はその先だ。俺はここで億万長者になる。

ちなみに、報酬は口座振り込みで、受け取りはダンジョン銀行のみご利用可能です。

# 3

その夜、ホテルに帰った俺はダンジョン銀行のアプリを開いて、８，８０６円という数字をニヤニヤして見つめていた。ダンジョンで稼いだ初めてのお金だ。

どうしよう。妹にプレゼントでも買ってやろうか。いや、あの愚妹はこう言うに違いない「え？　プレゼント？　現金のほうが普通に嬉しいんだけど」お兄ちゃんつらたんです。

いや、というかその前に、まずは親父（おやじ）に借りた金を返さないとか。

もろもろで遠征費用20万円借りてるからな。

稼いだ金で何をするかは、とりあえず20万円稼いで、親父の口座に一気にダンッ、と返済してドヤ顔で「お金返すよ」とメッセージを送りつけてから考えようか。

眠りにつき、朝目覚め、俺はデイリーミッションを探して確認する。

---

【デイリーミッション】　毎日コツコツ頑張ろうっ！

『約束された勝利の指先』　エクスカリバーと叫びながら指パッチン　０／１，０００

【継続日数】３日目　【コツコツランク】ブロンズ　倍率１・０倍

あれ？　手違いかな？　デイリーミッションさーん、昨日と同じデイリー来てますよー。

応答なし。よし、そうか、なるほど、うーん……罰ゲームのお時間です。

最悪だよ、デイリー君。被（かぶ）るにしても、これを被らせてくれるなよ。

――4時間後

罰ゲームを終了させ、昨日と同じ報酬『先人の知恵C』を受け取り、さっそく使った。

ピコンピコン！

レベルアップの音の数が少なくなって来た。レベルも上がりにくくなって来たということだろうか。気のせいかな、昨日より早くエクスカリバーが終わった気がする。

慣れか？　羞恥心への慣れなのか？　嫌な慣れだな。

本日も徒歩とバスで、クラス3ダンジョンへとやってきた。

朝からニコニコ元気な修羅道さんに見送られてダンジョンへ。――っとその前に、俺はダンジョン財団の売店へ足を運び、肩掛けバッグを購入した。昨日は4つしかクリスタルを回収しなかったので片手で持ってたのだが、収穫が多くなれば手では持ちきれない。

ダンジョンに入り、指パッチン2回でモンスターを倒していく。そろそろ、慣れてきたので2階層へ降りることにした。深い階層へいくほどにモンスターは強くなり、ドロップするアイテムも高品質になるというのはダンジョンの通説だ。降りていけば1階層よりも効率的にレベリングとクリスタル集めができるはず。

階層をつなぐ階段は、複数あるらしい。が、今回は先達が見つけて、シェアしてくれていたダンジョンマップをアプリで見ながら下へと降りた。

階層間をつなぐ階段は非常に長かった。ミスターいわく、高さにして100m以上の岩盤が階層間を隔てているという噂だったが……あの話は本当だったようだ。

2階層のモンスターがどれほど硬いかはわからない。1階層変われば難易度はグッと変わるからくれぐれも無理をしないように——と修羅道さんから温かい注意は受けているので最大限警戒して挑むことにする。

2階層に到着した。壁にはマーカーで「Good Luck（頑張れよ）」と書かれていた。先人の残したあとに続く者たちへの落書きである。ダンジョンではこういう落書きがたびたびある。そういう文化なのだろう。俺もマーカーで「赤木英雄参上」と書いておく。恥ずかしくなって5秒で塗りつぶした。これが大学卒業を控えた者のやることかね。

不慣れな2階層を恐る恐る進む。

ダンジョンチワワを発見する。侮るな。可愛かろうと、あれはモンスターなのだ。

「エクスカリバー」

癖になったエクスカリバーの文言とともに指を鳴らす。チワワがひっくり返る。起きあがり、向かってくる。もう1回鳴らす。さらにもう1回。

——結局、8回鳴らしたら倒れてくれた。

ずいぶんと耐久力があがった。これが2階層の世界か。

ただ、どうということもない。HP8消費の指パッチンでこと足りる。

ちなみにHP8の『フィンガースナップLV2』というのがどんな威力かというと、もはやそれは火花などではない。人間ひとり火ダルマにするくらいの火力である。

ダンジョンを歩きまわり、目についたモンスターを片っ端からしばき倒す。

2時間くらいが経過した。10回以上戦闘をし、クリスタルも6つくらい手に入れた。その代償として、頭がクラクラしてきた。HPを失いすぎたせいだ。

やはり、HPを消耗する戦い方は、継続戦闘能力面での問題を抱えている。

今日はもう帰ろう、そう思った時、間が悪くまたしてもモンスターが現れた。

HP8消費の指パッチンで消し炭に変える。

まずい。HPを使いすぎた。本格的に倒れそうだ。こういう時、タイミングよくレベルアップしてHPMP全回復して嬉しくなるのがフィクションのダンジョンだと言うのに……現実のダンジョンは甘くないのか、レベルアップしてくれない。

そもそもレベルアップしてもＨＰＭＰは全回復してくれない世界線だ。

え、つまり俺ここで死ぬ……ってコト⁉　リトル赤木が死を覚悟する。

足に力が入らない。糸の切れた操り人形のように膝から崩れる。ふざけている余裕もない。こんなところで終わるなんて、な……俺の華やかなダンジョン生活が……。

やりたいことがたくさんあったのに……お金をたくさん稼いだら牛丼大盛を食べたい時に食べるんだ……ピザにたくさんトッピングをするんだ……マックのポテトを山のように食べるんだ……自動販売機で値段を気にせず飲み物を買うんだ……妹にお小遣いをあげてお兄ちゃん流石(さすが)って誇らしく思ってもらうんだ……でももう叶(かな)わない。

「むむ……これはなんだ……？」

かすむ視界の中、岩場の陰に寄りかかると手に何かが当たった。おもむろに拾い上げてみると、それが注射器であると気づく。なんでこんな場所に注射器があるのだろう。

指でなぞるとアイテム名の表示が現れた。これは異常物質(アノマリー)か？

アイテム名は『蒼(あお)い血』となってる。アイテムの詳細を見てみよう。


---

『蒼い血』

古(いにしえ)の魔術師が使っていた医療器具

ＭＰ10で充填　使用すると体力を１００回復する

見た目は不衛生すぎる注射器って感じだ。

ガラス容器はカビが生えていて、濁っていて、針は錆びてるような気もする。

18世紀の狂った科学者が使ってそうな雰囲気なので、普通の感性を持っているならば、人間に使っていい医療器具でないことは自明である。

「これしか生き残る道はない、か……」

勇気を持って前腕あたりに刺してみた。

赤木英雄【レベル】22　（7レベルＵＰ）
【ＨＰ】６／２１８【ＭＰ】60／70
【スキル】『フィンガースナップＬＶ２』

ＭＰが減った……代わりに注射器のなかが蒼い液体で満たされる。注射器が空の状態で刺せばＭＰを充填ってことか。この状態で、もう一度刺す。痛ッ……でも、ちょっと気持ちいいかも……ＨＰが『６』から『１０６』に回復したぞ。これはすごい。回復アイテムというわけか。見た目は死ぬほど危険だが、素晴らしい性能だ。

俺はすっかり元気になって肩をまわす。ありがとう蒼い血。お前のおかげだな。

『蒼い血』を大事にバッグにしまう。実質的にＭＰ10につき、俺の体力は１００上昇したことになる。戦闘継続力の面で数倍のパワーアップを果たした。

その後も俺はモンスターを倒し続けた。

時計を見やる。もう10時間以上潜っていることに気が付いた。

時を同じくして３階層の階段を見つけていた。

ＨＰもＭＰも残ってる。まだ行ける。そう思い俺は３階層へと降りることにした。

4

「でたな、チワワ」

２階層と比べてチワワたちは若干たくましく大きくなっていた。

たぶん、次の階層だともっと大きくなる。いずれ柴犬(しばいぬ)サイズになりそうな気がする。最後にはグリズリーベア級になっていそう。

そんなことを考えながら「エクスカリバー」とつぶやき、指を鳴らした。

1回、2回、3回――

まずい。ATK5の『フィンガースナップLV2』じゃ、怯まずに突っ込んでくる。

俺はバックステップしながら、火花を当て続ける。

4回、5回、6回、7回――

結果、ATK5の最低威力の『フィンガースナップLV2』で14回だった。

5×14＝70。つまり3階層チワワのHPは70くらい。たぶん。

やば。この階層のモンスターはみんなこんな感じか。めちゃくちゃ硬くなって来てる。

だが、まだ倒せてはいる。HPを使い切るまでは進もう。寝たら全回復するから、最後まで使い切らないともったいない。

HP14を一撃で放ち、この階層で出会うモンスターたちを消し炭に変えていく。

『フィンガースナップLV2』のいいところは、相手の体力さえわかれば、一撃で倒せるダメージを与えられる便利さだとも言えるかもしれない。

「あ、チワワ」

はい、消し炭。

「お、チワワ」

どんどん、消し炭。

チワワはどんどん消し炭にしちゃおうねぇ。

「あれ？　これ4階層への階段？」

意外とあっさりと次の階層への階段を見つけてしまった。流石に降りるのは……ちょっとだけ見てみようかな。

『警告！　探索者ランクが足りません！』

ブローチから女性の声がした。

どうやら、Eランクの俺では4階層へ降りてはいけないらしい。

ダンジョン財団が安全管理しているのだろう。このことがわかっただけでも収穫だ。

スマホを確認すれば、時刻は朝の6時だった。まずい。20時間近くダンジョンにこもっていたことになるじゃないか。疲れもたまっているだろうし、これ以上は危険だろう。

というわけで地上へ戻ることにする。戻りながら、ふと壁に黒いクリップファイルが杭で打ち込まれているのを発見する。

え。嘘。これデイリーミッション？

ちょっとー誰ですかーこんなところにデイリーミッション置いていった人！

まさかダンジョンの内側でも届けてくれる人がいるなんて。

もしかしてどこにいてもデイリーミッションが更新されれば、出現するのか？　怖っ。

【デイリーミッション】　毎日コツコツ頑張ろうっ！
『バリー・ボッター』額の傷を見せびらかす　０人／１００人
【継続日数】４日目　【コツコツランク】ブロンズ　倍率１・０倍

なんかまたやべえの来たよ。まずミッションの名前考えたやつ誰だよ。怒られろ。

というか、別にバリーは額の傷見せびらかしてるわけじゃない。風評被害だ。誰も幸せにならないミッションだよ、これ。

「１００人ってことは、少なくとも１００人に話しかけて、おでこの傷を見せつけるのか？　傷を見せつけるためだけに話しかけるのか？」

最高にイカれてやがる。

「おはようございます、赤木さん。徹夜で潜ってたんですか？」

キャンプに戻って来て早々に修羅道さんの査定所へ足を運んだ。

「そういうことになりますかね」

「赤木さん」

修羅道さんが身を乗り出して来た。ムッと頬を膨らませている。かあいい。

「無茶したら、め！　ですよ！　赤木さんは弱いんですから、徹夜なんて許しません！」

「これでも探索者ですから」

「はぁ……言っても聞かなそうですね。仕方のない人です」

修羅道さんは諦めた様子で、肩をがっくしと落とした。

【今日の査定】
小さなクリスタル　×　15　　平均価格2，208円
クリスタル　×　1　　平均価格4，869円
【合計】37，993円
【ダンジョン銀行口座残高】46，799円

「わわ、すごい収穫ですね！　Eランクの探索者は3階層までしか降りれないはずなのに比較的おおきなクリスタルを手に入れているのもラッキーですよ！　徹夜したからと言って、こんなにクリスタルを採掘できることはないんですから！」

修羅道さんぴょんぴょん跳ねて喜んでます。かあいい。俺もぴょんぴょんしとく。

「ミスターもおっしゃっていましたが、赤木さんは特訓を通して着実に成長しているよう

ですね。これならランクアップの申請をしても問題ないと思います」

「修羅道さんが決められないんですか？」

「もっとうえの人が決めるので。でも、３日後にはＤランク探索者はカタいです」

ふむ。では、Ｄランクに上がるまでは３階層のチワワを虐殺し続けようか。

俺は指を鳴らして、おでこに傷をつける。

「……修羅道さん、ところで、コレどう思います？」

「？　あ、怪我しちゃったんですね！　痛いの痛いのとんでけ！」

「……わー、痛くなくなったー」

何してんだろ、俺。『額の傷を見せびらかす』は進んだけどさ。くっ、これをあと99回だと。正気ですか、デイリーミッションさん。

朝早くからキャンプにやってきた探索者たちに「おはようございます！」と話しかけながら「これどう思いますか？」と、おでこの傷を見せつける奇行を繰りかえした。

10人くらいに見せびらかしたところで、キャンプ内で「なんか赤木のやつがおでこの火傷を見せつけてくるんだが……」「傷ついてる俺カッコいいってやつじゃねえか？」「ああ……たしかにアイツまだ若いもんな。年頃ってことか」という雰囲気が漂いはじめた。

探索者たちの「名誉の負傷を自慢する痛い若者」という、俺への認識は、簡単には崩せなくなってしまったことだろう。こんな辱め耐えられない。誰か俺を殺せ。

【デイリーミッション】　毎日コツコツ頑張ろうっ！
『バリー・ボッター』額の傷を見せびらかす　100人／100人
本日のデイリーミッション達成っ！
【報酬】『先人の知恵C』×2
【継続日数】5日目　【コツコツランク】シルバー　倍率2・5倍

地獄が終わった。二度と来ないで欲しいデイリーがまた1つ増えた。というか、デイリーの重さじゃないんよ。これをデイリーのノリでミッションしちゃだめ、まじで。むむ。コツコツランクとやらが上がっているぞ。

2・5倍？　以前から気になっていたけど、一体何の倍率なのだろうか。

とりあえず『先人の知恵C』は使おう。今回は2冊。頑張った甲斐がある。

ピコンピコンピコン！

あれ？　思ったよりレベルアップするな。

身体にほとばしる熱量が以前よりもずっと増えている。俺は確信した。

もしかして、倍率って獲得経験値が2・5倍に？

どうも皆さん、シルバー会員の赤木英雄です。

わたくしの経験値獲得量はいまから2・5倍です。

シルバー会員でこれです。わたくしはまだゴールド会員（たぶん）とプラチナ会員（たぶん）という進化を二段階のこしています。この意味がわかりますね？

「シルバー会員つよ」

もうレベルアップが止まらない。

5

シルバー会員力を試すために潜った3階層で、俺はまたしても異常物質（アノマリー）を拾っていた。

---

『選ばれし者の証（あかし）』

あなたは世界に認められた　大事に持っているとイイコトがあるかも

---

ブローチの形状の異常物質（アノマリー）だった。財団に貰った探索者ブローチに似ている。

艶のある黒に黄金の縁取り、あら綺麗。でも、めちゃ古びてて、カビが生えてて、傷だらけなのがネックだ。プラマイで言ったらマイナス100点。あら残念。

アイテム名カッコいいし、大事にしてるとイイコトあるらしいから、装備しておく。アンティークとしてみれば悪くない。徹夜明けで、さらにダンジョンに潜るのは健全な生命体としてやるべきではないと判断したから、今日のところはホテルに帰ることにした。

「お、指男だ！　徹夜したんだってな！　根性あるな！」

「見せてくれよ！『フィンガースナップ』！　あはは！」

「本当にガッツある新人だぜ！」

こんな感じで顔見知りの探索者たちに話しかけられたので、愛想笑いして、うすうす、って感じで通りすぎる。知らない年上のおっさんたちと仲良くできるほど俺のコミュニケーション能力は高くない。

ところでなんだよ、指男って。クソダセェ呼び名だな。もしかしてそれ浸透してきてる？　まずい、今のうちに何とかしないと。

ホテルに帰って来た。汚れた黒ブローチをお湯で洗ってタオルでふきふきして、ベッドのサイドテーブルへ飾っておく。

さっきより輝いて見える。ダンジョンの地面の上の、岩の隙間にゴミのように落ちてたのにな……そんなシックでカッコいい奴だったのか。

「お前、ゴミみたいな扱いされてたのに、名前だけはかっこいいな」

デイリー消化（ソシャゲ）をして、暇になったなと思い、ダンジョン財団公式SNSアプリを開いた。この財団SNSは、探索者たちが自由に情報を共有したり、異常物質の交換を行えるフリーマーケットが整備されていたり、ダンジョン生活を送る上でお世話になるコミュニティが充実している。

登録は一般人もできるため現代の英雄とうたわれる人気者が集うSNSには必然として人が集まってくる。最初期こそ探索者たちだけのコミュニティだったらしいが、今となってはファンイラストが投稿されたり、漫画等が投稿されたりする自由な場所になっている。というか、ダンジョン関係ない投稿のほうが圧倒的に多い。

ダンジョン関連の投稿としての主は、なんと言ってもマップ共有だろう。マップ共有は、各々探索者が開拓したマップをシェアする文化のことだ。人々はそうして協力し、未知を既知にぬりつぶし、深淵なるダンジョンに挑むのだ。

ちなみに、財団SNSには夢がある。投稿を『拡散』されたり『いいね！』されて、多くの探索者にとって有益だと判断されると、インセンティブが還元されるのだ。

例えば、我が心の師ミスターの投稿を見てみよう。すでに10階層まで潜っているらしく、そこまでの階段の位置などをシェアしてくれている。現在『拡散』90，520『いいね！』220，851。流石はトップ・オブ・トップ。ダンジョンのヒーローとは彼のような人物のことを言うのだろう。

いいなあ。俺もバズりたいなぁ。

――翌日
1日ゆっくり休んで、朝になった。とりあえず、デイリーミッションを探す。ゴミ箱のなかに落ちているのを発見。配達係の仕事がだんだん雑になってやしないか。

【デイリーミッション】毎日コツコツ頑張ろうっ！
『イミテーション・スープ』同僚との昼食を汁物だけで済ます　0／1
【継続日数】5日目【コツコツランク】シルバー　倍率2・5倍

クセが凄い。なんなんだこのデイリーミッション。

「とりま、今すぐにはできないタイプだな」

まず同僚がいないといけない。そして、一緒に食事しないといけない。昼食でなければならない。スープしか食べてはいけない。待て。落ち着け。難易度高くね。

コッコツランクはおそらく毎日デイリーミッションをこなし続けることで上昇する。用紙には『継続日数』の項目もあるし。ここでもし、今日の『イミテーション・スープ』を達成できなかったら、ここまでの努力は水泡に帰するだろう。

このデイリー、負けられない。

ダンジョンキャンプへやってきた。時刻は朝の8時。昼食には早過ぎる。

しかし、ここで素晴らしきインテリジェンスを誇る俺は、布石を撒き始める。

さあ、目の前まで来たぞ。勇気を出せ。出すんだ。話しかけろ、赤木英雄！　今ここでやらなくちゃいけないのだ！

「修羅道さん、おはようございます」

「赤木さん、おはようございます。今日も頑張りましょう。あ、それとも、指男さんのほうがいいですかね！」

修羅道さんは、にかーっと明るい笑顔を向けてくれる。かあいい。でも、指男はやめて欲しいなぁ（真顔）。

彼女を、ぜひ昼食に誘いたい。同僚という枠に収まってるかは謎だが、同僚判定が出ると信じて誘う。というか誰がジャッジしてるのかもわからんが、頼むよ、まじ。同僚同僚。

「赤木さん、なんだか難しい顔してますね、何かあったのなら話聞きますよ？」

いかん。いらぬ誤解を招いてしまった。そんな険しい顔してましたか、俺。

さあ誘うぞ。勇気を出せ。いけいけ。だぁああ！

「……えーと」

ああ、だめだ、誘えん。勇気が出ない。やんわり、ふわっと断られるビジョンが浮かんでくる。俺はヘタレなんだ。主人公にはなれないタイプの人間なんだ。

「そうだ、赤木さん、よかったらお昼を一緒にどうですか？」

「どぅへ？　え？」

「赤木さんみたいにわたしと同じ歳の探索者ってとても少ないんです。同僚もだいたいは年上の方ばかりなのです。だから、赤木さんとはお友達になれたらなって思って」

修羅道さんは気恥ずかしげに、頬を淡く染めて、チラッと横目にこちらを見てくる。

「なーんちゃって、あはは、すみません、おかしな話ですよね、いきなり、まだお友達でもないのに、昼食だなんて」

「修羅道さん、ぜひ奢らせてください（キリッ）」

無事、約束に漕ぎ着けた。

俺がいつもどおりヘタレを発揮したのに、まさかこんなイイコトが起こるなんて……。

ッ、さては、黒いブローチ、お前の仕業なのか？　お前が呼んできてくれたイイコトなのか⁉　そうかそうか、よしよし、良い子だ、お前は墓場まで大事にしてやるぞ。

昼まで、適当に1階層でぐるぐるしてチワワを蹴散らし、キャンプへ戻って、修羅道さんと一緒に食事処へ向かう。

彼女は焼き肉ヒレカツラーメン定食メガメガビッグ盛りを。俺はオニオンスープを。

「今日もミスターはバズってますね！」

「俺もバズりたいです」

「指男で投稿すれば、群馬の探索者には1発でヒットすると思いますよ」

いや、そんなに『指男』のネーミング広がってるんかい。

修羅道さんはさくさくのヒレカツを口へ運びつつ、俺はデリシャススープをスプーンですくいながら、話題はマップ共有へ移っていく。

「赤木さんの実力が確かなことは探索者さんたちからの噂で聞いてますよ。なんでも『フィンガースナップ』を極めたみたいですね！　かつてその雑魚スキルを極めようとした物好きはいませんでした！」

いま雑魚スキルって言いませんでしたか？　気のせいですか？

「どうすればバズれますかねぇ」

「赤木さんは、まだ深い階層まで潜れないので、ミスターみたいな最速攻略情報をシェアするのは難しいかもしれませんね」

「もっとランクを上げるしかない、か……」

「ですが、赤木さんにしかシェアできない情報だってきっとあるはず。どんなことをシェアすれば喜んでもらえるのかを考えるのも、ダンジョン生活の醍醐味の一つですよ」

修羅道さんはそう言って、ヒレカツをむしゃむしゃ美味しそうに食べた。なるほどな。勉強になる。ちなみに俺もヒレカツを食べたかった。絶対美味しいもん。

午後になった。秋終わりの冷たい風が身体に染みる。

---

【デイリーミッション】　毎日コツコツ頑張ろうっ！
『イミテーション・スープ』同僚との昼食を汁物だけで済ます　1／1
本日のデイリーミッション達成っ！
【報酬】『先人の知恵C』
【継続日数】6日目　【コツコツランク】シルバー　倍率2・5倍

---

無事クリアだ。個人的には結構ハードだったので、『先人の知恵C』を3つくらいくれてもいいと思う。最近はレベルアップしづらくなってきたしね。

俺は震える手で『先人の知恵C』をさっさと読みこむ。

へへ、はやく、はやくレベルアップを……っ、イヒヒ、この瞬間のために生きてるってもんだぜ、へっへへ♪　あ、あれ、俺はいま何を……。

――ピコン！

本日のデイリーも終わったので、ダンジョンへ潜ろう。

――パチン
チワワを破壊。うーん、いい消し炭具合ですな。今日も絶好調。

1階層から3階層まで行ったり来たりしながら、たまにドロップするクリスタルを拾っていると、異常物質（アノマリー）をまたしても発見してしまった。

『秘密の地図』
冒険において危険を回避することほど大事なことはない
モンスターの頻出地域がわかる

古びた紙の地図だ。破ろうと思えばいつでも破れそうなほどボロボロだが、描かれている地図は実に緻密で、ゴーゴルマップのように指で拡大もできる。便利だなぁ。

効果としては、モンスターの出現地域、つまり危険エリアを教えてくれているらしい。

この危険エリアを回避すれば、いい感じにモンスターを避けることができる、と。でも、これちょっと違う使い方できるんじゃないか。俺にはこのマップがどうしても『狩場』を教えてくれてるような気がしてならなかった。

ここで俺はひらめく。このダンジョンはクラス3ダンジョン。財団が毎年出してる報告書のまとめサイトを見れば、クラス3ダンジョンの1階層の広さは、大きいものでは町ひとつ分にもなるという。

マップを見た感じ、闇雲に探索するには途方もなく広いことがわかる。

1階層1階層が、そんな広さを誇るものだから、なかなか階層モンスター絶滅ということは起こらない。俺も攻略間際のダンジョンでチワワ見つけられたしね。

このことはモンスターと戦うには運が必要なことを意味する。本当はたくさん戦ってたくさん稼ぎたいが現実はそうはいかない。だが、この地図を使えばあるいは——

モンスターとよく遭遇する危険エリア——転じて『狩場』を何点かシェアしてみた。ここはまだ1階層なので電波は繋がる。

「せっかく投稿するなら、探索者ネームとかつけちゃおうかな。う〜ん、Mr.フィンガー？　ザ・フィンガースナップ、フィンガースナップ英雄？　それともただ英雄とか、いや、知り合いにも見られるんだよな……あんまりはっちゃけると恥ずかしいな……」

小心者なために結局、あんまり調子に乗れず『指男』にしてしまった。いや、指男を認めたわけじゃないんだけど、これだと修羅道さんがバズるって言ってたからさ……。

この日のダンジョン探索を終えて、ホテルに帰って、投稿を確認してみて、1『いいね！』ついているのを見て、俺はほっこり温かい気持ちになるのだった。

---

【今日の査定】
小さなクリスタル　×　6　平均価格1，941円
【合計】11，646円
【ダンジョン銀行口座残高】58，445円

---

6

一夜明けて、初投稿をニヤニヤしながら再確認する。

『拡散』0　『いいね！』1

「まあ、最初はこんなもんよね」

悲しくなんかない。実は超バズっている夢とか見てない。はなから期待してなかった。

だから、落胆なんかしない。早口でなんか言ってない。

さて、気を取り直して、今日も元気にデイリーミッションを確認しよう。今日はサイドテーブルのうえに置いておいてくれたので探さずに済んだ。

---

【デイリーミッション】　毎日コツコツ頑張ろうっ！

『日刊筋トレ：腕立て伏せ』腕立て伏せ　0／300

【継続日数】　6日目　【コツコツランク】シルバー　倍率2・5倍

---

ほう、いいじゃないか。こういうのでいいんだよ、こういうので。

デイリーらしい。実に健全だ。300回って全然軽くはないんだけどさ。

俺は顔を洗って、SNSを確認して、いざ筋トレに取り組む。どうにも顎をしっかり床につけて、大胸筋に負荷をかけないとカウントされないらしい。デイリーミッションの隠された判定基準——サイレントトレギュレーションだ。楽はできないようになっている。

——30分後

【デイリーミッション】毎日コツコツ頑張ろうっ！
『日刊筋トレ・腕立て伏せ』腕立て伏せ　３００／３００
本日のデイリーミッション達成っ！
【報酬】『先人の知恵Ｃ』
【継続日数】７日目　【コツコツランク】シルバー　倍率２・５倍

休み休みでやったが、わりと余裕でクリアできた。以前の俺だと、10回目で死んでただろう。肉体強度が高くなっているのを体感できる。レベルアップはかくも偉大だ。

日課をクリアして、午前８時。さっそく俺はダンジョンキャンプへ向かった。

修羅道さんを見つけたので、最近のダンジョン生活についてご報告をした。

「３つも異常物質（アノマリー）を見つけたんですか？」

「『蒼（あお）い血』と『選ばれし者の証（あかし）』と『秘密の地図』って名前のやつです」

「どれも聞いたことない異常物質（アノマリー）です……データベースで前例を検索してみますね」

修羅道さんは自分のスマホを見つめ「発掘数はゼロですね」と結論をだした。

「異常物質（アノマリー）は多くが一点物しかありません。どういう原理で生み出されるのかいまだに謎に満ちたロマンの秘宝なので、同じものを造りだすことも難しいです。そもそも異常物質（アノマリー）を見つけること自体が珍しいことなので、探索者の方は、異常物質（アノマリー）との出会いを大事にするんです。その意味で言うと、赤木さんはちょっと特殊ですね」

「特殊、ですか」

「異常物質（アノマリー）を見つけすぎという意味です。アマチュアさんでこんなたくさん異常物質（アノマリー）を見つける人なんて初めて見ましたよ。先天的にダンジョン因子が強い人は運命を引き寄せるチカラがあると高名な学者先生が言っていましたが……もしかしたら、赤木さんは将来すごい探索者になる器なのかもしれないですね！」

修羅道さんに持ち上げられてしまった。期待されているようで素直に嬉（うれ）しい。

その後、俺は再びダンジョンへ突入し『フィンガースナップLV2』でモンスターを倒し、経験値を手に入れ、たまにドロップするクリスタルを拾った。

『秘密の地図』を開いて、モンスターの頻出地域を撮影。その際、ダンジョンの入り口の近くの狩場を選んでSNSに投稿しておく。俺が狩るのはもっと奥の方の狩場だ。

狩場では、5分に1体はモンスターとエンカウントする。それ以外の場所だと、30分以上収穫がないこともある。狩場を彷徨（さまよ）うことで効率は格段にアップした。

基本は3階層で狩場を転々とするというフォーメーションを繰り返した。1つの狩場で

20匹くらいモンスターを倒すと、危険エリアではなくなる＝モンスターの密度が下がるので、20回倒したら、次の狩場へと移動する。

　気が付けば1日ダンジョンに潜って狩場を徘徊していた。体力的に余裕があるので、徹夜で探索を続けることにした。24時間以上潜っても、体力の限界は訪れなくなった。

　スマホで時間を確認すると、すでにお昼であった。今回の探索では行けるところまで行くつもりだが、ただ、そのまえにデイリーをチェックだ。これが一番重要だ。

　あったあった。ダンジョンの壁に打ち付けられた黒革製のクリップファイル。

　今日のデイリーミッションは『日刊筋トレ：腹筋』か。筋トレ週間かな。でも、ひとりで腹筋のやりかたわからないのよね。お、通りすがりの探索者のパーティを発見。

　ダンジョン生活で成長した俺のコミュ力を発揮する時が来たか。

「こんにちは。足押さえててくれますか？」

「ど、どういう意味ですか？」

「いまから３００回腹筋したいんです。デイリーミッションですよ」

「デイリーミッション？（なにかの隠語かな？）」

「？　デイリーミッションやってないんですか？」

「（やってない方がおかしいみたいに言ってくる……）やってますよ？　日課のことです

よね。体力づくりは探索者の基本、ダンジョン内でもこなすなんて勤勉ですね」

やっぱりデイリーミッション大事なんだな。今、一瞬だけ「もしかして、こんな馬鹿みたいなことやってんの俺だけ?」とか思いかけたけど、この人も日課って言ってたし、息をするようにコンスタントにこなしてこそ一人前なんだろうね。

親切な探索者たちと別れて狩場周回へ戻る。

気が付けば、俺はいつしか3階層で50時間以上過ごしていた。流石に疲労が溜まってきた。足が重たい。HPもMPも枯渇気味だ。今日はここまでだろう。

外へ出るため、ダンジョン2階層まで戻ってきた。投稿を確認してみよう。

SNS投稿生活3日目。昨日の投稿は、『拡散』5　『いいね!』25と成長していた。

俺の天才的な頭脳が導き出した作戦は意味があったということだろう。ダンジョンの入り口近くの狩場情報は「仕事帰りにダンジョン潜ろうかな……でも、時間がたくさんあるわけじゃないんだよなぁ」という兼業探索者にとって有益だったのだ。

副業で探索者をやってる人たちは、平日は仕事があるので、週末くらいしかガッツリ潜れない。手軽にサクッとダンジョンしたいのに、ダンジョンと言う過酷な世界が、専業さんしか受け入れてくれないのである。

俺は彼らの救世主になれる。

見つけたかもしれない。俺だけにしか発信できない情報とやらを。

この路線で行こうと思い、俺は『秘密の地図』で1階層の入り口近くの狩場を撮影して、財団アプリの立体マップと同期させ、タイムラインにあげておいた。

添える一言は「今日の狩場」だ。面白い感じの投稿は苦手だ。

キャンプまで戻って来た。流石に疲れたが、ホテルに戻るまでは耐えられそうだ。

「赤木さん。数日見ないと思ったら……もしかして、ずっと潜ってました？」

俺はずっしり重たくなった肩掛けバッグを査定所のカウンターに置いた。

「これは探索者のなかでも修行僧みたいな変人さんが持ってくるタイプのクリスタルの出し方じゃないですか！　バッグの紐伸びちゃいますよ、こんなパンパンにしたら！」

---

【今日の査定】
小さなクリスタル　×　27　平均価格2，185円
クリスタル　×　7　平均価格4，987円
【合計】93，905円
【ダンジョン銀行口座残高】152，350円

---

最高に気持ちがいい。

牛丼チェーン店やパチンコ店でアルバイトしていた時より心が満たされていく。

ダンジョン探索、すごく楽しい。この楽しさで、かつ50時間潜って毎回この稼ぎなら嬉しい。だけど、これはおそらくピークなんだろう。もう3階層にはモンスターはいない。絶滅はしてないけど、狩場が形成されない程度にはモンスターの密度は下がっている。同じような狩りをしても、次の50時間の稼ぎは大きく減るはずだ。

なにより、ダンジョンはいつでも潜れるわけじゃない。このクラス3が攻略されたら、次のダンジョンがでるまで、ちいさなダンジョンに潜ることになる。クラス3ほどの大物はそうそう姿を現さないレアなダンジョンという話だしね。

そう考えると、諸手(もろて)をあげて喜ぶにはまだ早いように思えた。

ちなみに、レベルはめちゃあがった。ほとんどはデイリーミッションのおかげだが、流石に長時間潜ると、それなりの経験値は貰えるようである。

---

赤木英雄【レベル】47（25レベルUP）
【HP】14／1，023【MP】25／245
【スキル】『フィンガースナップLV2』

【装備品】『蒼い血』『選ばれし者の証』『秘密の地図』

はじめは最大ＨＰ10とかだったのに、気が付けば１，０００を超えている。

俺も成長したものだ。

「赤木さん、財団からプレゼントがありますよ！」

「プレゼントですか？」

修羅道さんに黒い箱を渡された。艶消しが施された黒箱だ。開けてみる。高級感のある布地に黄色い宝石のついたブローチが出て来た。

ステンレス合金製の型にトパーズがあしらわれた逸品とのこと。派手過ぎず、上品なオシャレさを感じる。俺のようなシックでダンディな色男には似合うこと請け合い。

「このブローチはもしかして……」

「Ｄランク探索者昇級おめでとうございます！　これで世界の探索者の上位40％入りですね！　もう新人とは呼べないベテランさんです！」

どうやら、Ｅ↓Ｄの壁で多くの探索者はふるいにかけられるようだ。

無事、ひとつの壁を越えられたことを喜ぼう。Ｅランクのブローチは修羅道さんへ返還した。俺は晴れてＤランク探索者となった。すこしは成長できただろうか。

## 7

Dランク探索者になっちゃいましたかぁ。これはさっそくダンジョン潜りたくなっちゃいますねえ。でも、結構、疲れてるのでいったん引きあげますかねえ。

ホテルに帰って、ピザキャップでLLサイズのスパイシーソーセージピザをデリバリーしてもらい、コークで豪遊しながら動画とSNSを周回し、投稿への反応数がちょっと伸びてることに喜んでいると、いつの間にか眠りに落ちていた。

ハッと目を覚ませば、もう夜の10時だった。あることに気が付く。あれ、そういえば、今日デイリーやってなくね――と。

蒼白（そうはく）になり、俺は部屋のなかを見渡した。黒革のクリップファイルを発見。よかった、どこにでも現れてくれる。配達員が優秀すぎる。

---

【デイリーミッション】毎日コツコツ頑張ろうっ！

『約束された勝利の指先　その２』エクスカリバーと叫びながら指パッチン

０／２，０００

【継続日数】８日目　【コツコツランク】シルバー　倍率２・５倍

くそ、来やがった！　てか、その２だと？　なんですかそれ。やめてください。

信じられねえ、まさか羞恥プレイのその先があったなんて。

だが、デイリー消化は探索者にとってマスト。やらねばなるまい。

流石に同じフロアの方々に迷惑になると思い、俺は夜の河川敷へと赴いて、そこでみっちり２，０００カリバーをこなした。途中、警察官に職質されたけど、探索者と言う身分を告げたら「ほどほどにね」と許してくれた。

世の中に奇行に走る変人がいるが、彼らはデイリーミッションをこなしているのではないだろうか。社会は彼らを寛容に受け入れるべきなのかもしれない……知らんけど。

地獄を完了させると【報酬】として『先人の知恵Ｃ』を３つ貰えた。辛いだけあって報酬は美味しい。【継続日数】は９日になったが、特にゴールド会員に変わることはなかった。ちょっと期待したけど、もっと頑張らないとだめみたいだ。

翌朝、俺は体調を万全に整えて、ダンジョンへやってきた。

ちなみに本日のデイリーは『イミテーション・スープ』であった。

なのでお昼に修羅道さんを誘おうと思う。俺から誘えるかは不明だが。

ダンジョンに入ってまずやることは『秘密の地図』を確認して、狩場をタイムラインに流しておくことだ。

「今日の狩場、っと。よし」

俺はすっかりモンスターの減った階層を踏破し、スムーズに3階層まで降りてきて——モンスターとの戦闘はなかった——、4階層の階段を降りた。

新天地到着だ。『秘密の地図』を広げる。

この異常物質(アノマリー)の優れた点は狩場がわかるだけでなく、ダンジョンの全体図が把握できることである。そのため、ダンジョン財団のアプリから情報を取得しなくても、俺は最初から足を踏み入れた階層の全体マップを把握できる。

狩場へ直行。モンスターを発見した。でたな、邪悪なるダンジョンチワワよ。

柴犬(しばいぬ)サイズになって、ますます危険性は増しているように見える。けしからん。

「よーしよしよしよし」

手を叩(たた)いてチワワを招く。うーん、くあいいですねえ〜。

こんなくぁあああいいいと消し炭にしたくなっちゃいますねぇ〜。

指を鳴らす。

「エクスカリバー」

「キャイン⁉」

ＨＰ10消費、ＡＴＫ50の『フィンガースナップＬＶ２』。火に飲みこまれるチワワ。だが、首をふって猛炎を払いのけた。死なず……か。こいつやりおる。ここからは１回ずつ刻んでいく。１回、２回、３回、４回――

結果、おおよそ最弱指パッチン20回分の体力――ＡＴＫ１００あれば一撃でキルできるとわかった。

ＨＰ20で１体倒せる、か。

現在のステータスは『【ＨＰ】１，００３／１，１０１【ＭＰ】２４５／２８０』。

うーん、俺の体力の感じだと、この階層にあってない気がする。

もっと下の階層で、もっと強いモンスターを倒すだけの指パッチンができると思う。

というわけで、ミスターがあらかじめシェアしてくれていた５階層へ、マップ情報を頼りに階段を見つけて降りてみた。

おそるおそる進み、まるまると太った柴犬くらいはあるモンスターを発見する。

とりあえず、ＨＰ20を使ってＡＴＫ１００の指パッチンをお見舞いする。

ダンジョンチワワは倒れない。まだ想定内。ここからは刻む作業を行う。

結果、ＨＰ26消費ＡＴＫ１３０の攻撃で一撃だとわかった。

「思ったより、余裕あるな……」

俺はステータスの体力と、『蒼い血』で回復できる分を計算する。自分が想像しているより、俺は強くなっていたのかもしれないと思うようになった。

というわけで、6階層へ。こんなバンバン降りて平気かと自分自身不安になりながら、くだっていく。幸いにもランク制限で止められることなく、無事に降りてこれた。

柴犬と言い張るにはすこしきつくなってきたサイズ感のチワワを発見する。

さっそくATK130を叩きこんだ。そこから例に倣って刻む。

結果、HP32消費ATK160で一撃とわかった。

「なんだかなぁ」

ステータスウィンドウと睨めっこして、首を傾げる。

ハッキリ言おう、弱い。俺ならもっと過酷でハードに戦える。

だってそうだろう、俺のHP1，000+2，400（『蒼い血』24発分）で3，400のHPが実質的に俺にはあるのだ。

『フィンガースナップLV2』は遠距離攻撃だ。しかも俺のは命中率がとても高い。

こちらが被弾するリスクはないからHPはすべて弾薬と考えて差し支えない。

余裕を残しても、俺はこの階層で90匹以上のモンスターを倒せる計算だ。

「うーん、もう1階層……」

降りてみたくなった。幸い、ミスターという心強い先駆者がすでに階段をいくつかシェアしてくれているので、次の階段の場所はすぐにわかった。だが――

『警告！　探索者ランクが足りません！』

ブローチから女性の声が響き渡った。

恐れていた事態がやってきてしまった。もー、はやいって。はやいよ、制限来るの。

また昇級させてもらう必要が出て来たよ。

以前は、クリスタルでパンパンのバッグを見せたら一発昇格させてくれたけど……今回も同じ手法で行けるかな？

質量で圧倒する作戦を決行することにした。

俺は6階層を拠点に、狩りをはじめた。

狩場へ赴き、HP32を束ねて、ATK160でモンスターを焼き払う。

これでワンセット。経験値を獲得し、運がよければクリスタルも手に入る。

――パチンッパチンッ

どんどん消し炭にしちゃおうねぇ～！

俺はきっと満面の笑みを浮かべていたと思う。

そうして、ダンジョンに潜って数時間が経過した。

ふとスマホを見やれば、もうお昼を過ぎているじゃないか。

まずい、今日のデイリーは『イミテーション・スープ』だッ！

俺は急いで、キャンプへ戻るべく、階段を駆け上がった。

途中、モンスターが出て来たので思わず「あぁ！　スープゥう‼」と叫びながら焼き払った。

その時だ。

（スキルレベルがアップしました）

あ。走りながら、ステータスを開く。

ウィンドウには『フィンガースナップLV3』の表示が。

進化した！　俺の指が！　いや、指パッチンが！

---

『フィンガースナップLV3』
指を鳴らして敵を焼き尽くす　生命エネルギーを攻撃に転用する
【転換レート】ATK20：HP1
【解放条件】フィンガースナップをもちいてワンスナップ・ワンキルで100，000キ

ル達成（または、短い期間に同条件で1，000キル達成）

　え、つよつよじゃん。変換比率これで大丈夫ですか？　HP1でATK20も出るの？

　誰かは知らないけど、設定間違えてません？　むむ。でも、解放条件がわりと鬼畜なような……。短い期間がどれくらいの猶予を持っているのかは、推測するしかないが、おおよそ10日前後くらいと考えていいのだろうか。

　たしかに10日連続でダンジョンに通うのはストイックなプロ探索者しかいないし、さらに言えばダメージが極端に低い『フィンガースナップ』でわざわざモンスターをキルするやつも少なそうだ。

　それなりにレアスキルなのかな？

「修羅道さんに教えようっと」

　俺は全速力でキャンプへと戻った。

　――背後で俺を見つめる男の視線に気づくことはなかった。

## 8

群馬某所。クラス3ダンジョンのキャンプ。

探索者たちが集う青空ビアガーデン。

数年前より、ダンジョン財団は探索者たちへの福利厚生を強めるようになった。

それまで、ただ武器を買い、モンスターを倒し、クリスタルを売るためにあったキャンプには、いまではさまざま売店が出店している。

酒もあるし、出店もある。コンビニも入ってるし、ご当地グルメも出張ってくる。

そのため、ダンジョン出現から、ボス討伐までのおおよそ1ヶ月間は、地域にとって一種のお祭りになる。

キャンプは二層にわかれている。

ひとつ目は、誰でも自由に出入りできて、出店が多い、外郭エリア。

ふたつ目は、探索者とダンジョン財団関係者しか入れない、内郭エリアだ。

ここは内郭の入り口を見わたせて、どんな面(つら)をした探索者がダンジョンに挑むのか拝める青空ビアガーデンだ。

「なんだって、指男について聞きたいだって？」

ビアガーデンの酒飲み探索者5名、平均年齢48歳の集団へ、果敢にインタビューをするのは、黒いフォーマルスーツに身を包んだ少女だった。

年齢は18歳ほど。端正な顔立ちにサングラスをしており、イケメンの部類だとひと目でわかる。無自覚で夢女子量産するタイプだろう。

彼女はダンジョン財団のエージェントだ。

姓を餓鬼道と言う。下の名前は誰も知らない。

餓鬼道は黒いレンズ越しに酒飲みたちを睥睨し「そうです」と淡白に答えた。

「ほんの２週間前だったかな？　いきなり、若いのが現れてびっくりしたよな！　探索者は30代からじゃないとなれないってジンクスがあったしよ。ああ、そうだ、お嬢ちゃん、財団の人なんだろ。やっぱり、若いと探索者になれねえのかい？」

「そういう規定はない」

餓鬼道はほかに答えることはないという顔をしている。

この少女はすこし言葉足らずなところがあるので、相手に威圧的な印象を与えがちだ。

「そ、そうかい……。でも本当に珍しいよな、まだ大学生だってよ」

「彼はなぜ指男と呼ばれているの？」

「そらあ、お前さん、これさ！」

酒飲みは太い指を鳴らす。

「フィンガースナップで全部、やっつけちまうんだよ、それも驚きな、たった一撃でさ」

「1回の『フィンガースナップ』で」

少女は細い顎に手を当てて、自分のステータスから『フィンガースナップ』を選んで詳細を確認してみる。

「こんなゴミで?」

少女の口がおそろしく悪く思えるが、実際は言葉の選び方が悪いだけだ。

『こんなゴミスキルでどうやって倒すと言うの?』——と言いたかったのである。

「でも、一撃なんだからなぁ」

「そう、あれは、俺が5階層で命を落としかけた時だったよ」

酒飲みの1人が語り始めた。

「俺はその時、もうMPもHPも底が尽きかけててな、異常物質(アノマリー)なんてレアなもんはもっちゃいねえから、MP消費型の魔法剣で普段戦ってるんだけどよ、その日は初めて5階層へいったもんだから、浮かれてたんだろうな、気が付けば死にかけさ。獰猛(どうもう)なモンスターたちが牙を剝(む)いて、タックルしてきた。壁に叩(たた)きつけられ、三途(さんず)の川の向こうで、両親が手招いてるのがハッキリと見えた。ああ、あれは間違いなく、俺の人生で一番死に近づいた瞬間だったたね。え? 両親? まだまだ元気で故郷の北海道で生きてるよ?」

酒飲みはビールをひと口あおって続ける。

「その時さ、遠くの方から影が近づいてきたんだ。とんでもない俊足で、あっという間に俺のもとへやってきた。そう、指男さ。その時、やつはなんて言った思う？『あぁ！スープぅうう‼』だってさ。まばゆいほどの黄金の光が、視界いっぱいに広がった。すぐ後、俺を殺そうとしていた恐ろしい獣はジュワッと消し炭になっちまったのさ」

餓鬼道は「スープ……？」と眉をひそめる。

優秀な頭脳が高速で回転し、言葉の裏に隠された意味に気が付いてしまった。

「あぁ、スープ……ッ、まさか『Aah……so poor——ぁぁ……なんて、貧弱なモンスターなんだ。これでは俺の渇きは満たされない（※餓鬼道翻訳）』と言っていたということ？」

探索者になって2週間足らず。なのに5階層という多くの探索者が毎年命を落としている魔の領域でそれほどの余裕を見せるなんて。

餓鬼道は目を丸くした。

「只者（ただもの）じゃない。なるほど、指先で命の天秤（てんびん）を弄ぶ。だから指男（※餓鬼道解釈）」

「お嬢ちゃんもわかったみたいだな、あいつの大物ぶりが」

「それだけじゃあねえぜ、あいつは本当にすげえやつだ。探索者っていうのはおんなじダンジョンに潜るわけだから、たびたびダンジョン内でお互いを目撃するんだけどよ、あいつはいつだって1人なんだ。パーティなんか組まねえ。そして一撃さ。たった一撃。仲間も手数も、あいつには必要ねぇんだ」

酒飲みはまた太い指をパチンと鳴らした。

「耳を澄ませば、聞こえて来るぜ。パチン、パチン、パチン……ってな。その音が聞こえたら最後、モンスターはどこにも逃げられはしねえ。残るのは消し炭だけってわけよ」

餓鬼道は生唾を飲みこみ、サングラスの位置を直す。

「ありがとう。指男が、すこしわかった」

餓鬼道はそう言って、ビアガーデンを去り、黒塗りの高級車に乗りこみ、ダンジョンキャンプを去っていった。

帰りの車のなか、財団SNSアプリで指男を検索する。投稿は少ない。だが、どれも有益な情報である。投稿には「今日の狩場」という淡白な文字が添えられている。

この短い言葉から、餓鬼道は真実のか細い糸を見つけ出す。

指男はモンスターを前にしていつだって自分は狩る側だと公言し、静かな自信を湛え、ストイックで、厳格な性格の持ち主であり、怒らせれば最後、絶対に敵対者を生きては帰さない冷酷さを備えた人物である。確定だ。(※餓鬼道プロファイリング)

想像を絶するポンコツと罵倒することなかれ。彼女はスーパーエリートエージェント。

つまりは、おポンコツ様なのである。

「指男、もっと調査をする必要がある」

少女は赤信号になるなり、アクセルを深く踏みこんだ。

スーパーエリートエージェントの辞書に道路交通法は存在しない。

# 第二章　広がりゆく指男

　お昼休みにずれ込んでまで仕事をしていた修羅道さんの近くを、喋りかけるわけでもなく、蠅のごとくウザったくうろちょろしていたら「赤木さん、いっしょにお昼どうですか？」を引き出せたので、いっしょにお昼を取ることにする。

　俺はワンタンスープをいただき、修羅道さんは鉄板焼きステーキ3，000g肉の森定食をまえに好戦的な眼差しをする。

　皆さんお気づきでしょうが修羅道さんはよく食べます。

「『フィンガースナップLV3』……初めて聞きました！　あの不遇な雑魚スキルにそんな段階があったなんて！（もぐもぐ）」

　相変わらず毒吐くのはご愛嬌。

「スキルってどれくらいまでレベルアップするものなんですか？」

「それに関してはなんとも言えませんね」

「ダンジョン財団に情報とかないんですか？」

「ありますよ、たくさん！　財団は超国際的な機関なので、世界中でダンジョン関連の神秘——モンスター、クリスタル、そして、それに呼応するように姿を現した探索者たちとスキル、彼らの持つステータスについて研究を進めてます。異常物質(アノマリー)や超常についてはもっとずっと歴史は深いです。ですが、ダンジョン財団をもってしてもスキルの到達点は判明していません。財団の公式発表ではLV10が最高到達点とされることが多いですが」

「LV10ですか。そこがゴールなんですね」

できるものならスキルレベルカンストさせたい。俺は探索者をライフワークにするって決めたんだ。自分の専門くらい極めてみたい。

「あっ、でも現実的な最高到達点はLV5くらいに考えておいたほうがいいですよ」

「それはまたどうして?」

「シンプルな話ですよ。世界最高の探索者とされるAランク探索者。彼らが保有する最高レベルのスキルの多くがLV5だからです」

「それじゃあLV3ってわりといいところまで来てます?」

「お察しの通り。統計上LV3スキルを入手できる探索者は全体の9%だけなのです」

少ないな。思ったより俺、天才なのでは。

「赤木さんにはとても優れた才能を感じます。それに『フィンガースナップ』LV3はたぶん赤木さんだけですしね。この調子で自分の道を突き進んでください」

褒められてる？　褒められてるよね！　ふふ、修羅道さんに褒められてしまった。
みんなに雑魚とか、ゴミとか散々言われていた『フィンガースナップ』くんを俺だけがわかってあげられてるって言うのかな。ゲームでも人気の武器とか使いたくないじゃん？　ミーハーって言うのかな。大衆人気に乗ってるだけじゃダメって言うのかな？　へっへへ、まあ、そういうことよ。え？　逆張りイキリ陰キャ？　やかましいわ。

---

【デイリーミッション】　毎日コツコツ頑張ろうっ！
『イミテーション・スープ』同僚との昼食を汁物だけで済ます　1／1
本日のデイリーミッション達成っ！
【報酬】『先人の知恵C』
【継続日数】　10日目　【コツコツランク】　シルバー　倍率2・5倍

---

本日も無事にデイリークリアだ。『先人の知恵C』は流れるように使う。
修羅道さんと別れて、午後も元気にダンジョンへと潜ることにした。
Cランク探索者にしてもらえるよう今日も頑張ろう。

1

修羅道は財団の対策本部のパソコンで、スキルのレベルについて調べていた。

お昼に聞いた赤木英雄の話が気になったのである。

データベースを漁ると、LV3に到達したスキルを保有している者の情報が取得できた。

修羅道の推測通り軒並み高位探索者たちばかりだった。

最高位探索者たちでもLV5でカンストかと思えるほど、多くの者が、LV5より上のスキル段階には到達していない。その先にたどり着けるのが世界レベルのスケールで母数を眺めても、ごく一握りの例外たちだけだ。

「赤木英雄……所有スキル……『フィンガースナップLV3』っと。あ、やっぱり、人類初ですね。おめでとうございます、赤木さん。才能を証明しましたね」

修羅道はデータベースを更新し、いまだ赤木以外獲得していない『フィンガースナップLV3』を『極めて珍しいスキル』のカテゴリーに入れておいた。

「あ～修羅道さんがまた赤木さんのページ見てる～」

同僚に話しかけられ、思わずページを閉じる修羅道。

「違います！　赤木さんが新発見のスキルを獲得したから、それを更新しようと！」

「新発見？　へぇ～流石（さすが）は指男。そろそろ、財団の怖いエージェントが内偵でもしはじめそうな領域にきましたなぁ～」

同僚はそう言って、自分のスマホでデータベースを見て「おお～これは………凄（すご）いスキルだ……」と、えらく驚愕（きょうがく）した声を漏らした。

「指男は大物になる気がするよ」

「ふふん、当然ですよ、赤木さんは昔から凄いんですから」

修羅道は誇らしげに鼻を鳴らした。

2

6階層まで降りて来た。

『秘密の地図』を開いて狩場を確認、直行しますと、おお、さっそくぁいいチワワちゃん発見、あぁ、いいこだねえ、本当に可愛（かわい）いねぇ、じゃあ消し炭になろうね。

光の粒が俺の身体（からだ）へ染（し）み込んでいく。手で灰を払って、クリスタルを拾いあげる。

バッグに入れて、次なる獲物を探して燃やして、HPが減れば『蒼（あお）い血』を打って癒（いや）す。

これぞサウナルーティンならぬ、狩場ルーティンである。

俺は職人のごとくルーティンを繰り返した。

ふと、スマホが鳴る。もう1日も経ったのか。あっという間に時間が過ぎる。

周囲をキョロキョロ見渡すと黒革のバインダーを発見。今日もエリート配達員が先回りしておいてくれたのかな。助かるなあ。

デイリーミッションを確認……『走れよメロス』。『走る　0km／100km』ですか。なんだ100kmか……えっ、100km？　嘘だろ。もうデイリーミッションってレベルじゃねえぞ。

コツコツランク：シルバーになってから、たまに厳しいのが混ざっている気がする。

生身の人間では、普通に考えてやばいだろって感じのだ。

もちろん、ブロンズ時代の楽なやつもあるのだが……もしかして、デイリーって俺の成長によって、ちょっとずつ難しくなっていくのだろうか。

いずれ、これが標準になったり……。

俺はささやかな恐怖を感じながら、6階層を走りはじめた。

まあ100kmだし、小走りでも許されるだろう。1日走ればまあ余裕っしょ。

そう思って1時間くらい小走りで、狩場ルーティンをまわした。

ひとつわかったことがあった。走るとめちゃエンカウント率があがる。

効率がぐーんっとあがる。よくよく考えたら、当たり前なんだけど、今さら気づいた。

この1時間で下手したら20体くらいチワワを火葬してるかもしれない。

レベルもあがってるし、いいことずくめだ。これからは走るか。

さて、肝心のデイリーはどんくらい進んだかな。

【デイリーミッション】毎日コツコツ頑張ろうっ！
『走れよメロス』走る　０ｋｍ／１００ｋｍ
【継続日数】11日目【コツコツランク】シルバー　倍率２・５倍

目を擦る。しかし表記は変わらない。見間違いじゃない。

あーね（察し）。これはやりましたね、デイリーくん。

トラップカードオープン、サイレントトレギュレーション発動……ですか。

エクスカリバーと同じで、デイリーくんの『走る』には時速の規定があるらしい。

小走りをカウントしないとなると、こっちもちょっと本気を出さないといけなくなった。

だいたい時速25ｋｍで走りだす。しかし、ミッションウィンドウは変わらず。

いま理解した。すべてを。デイリーくん、つまり君はそういうことをするやつなんだね。

俺は全力疾走でダンジョンを駆けた。

――4時間後

【デイリーミッション】毎日コツコツ頑張ろうっ！
『走れよメロス』　走る　100km／100km
本日のデイリーミッション達成っ！
【報酬】『先人の知恵B』
【継続日数】11日目　【コツコツランク】シルバー　倍率2・5倍

汗だくになり、荒く息をつく。レベルアップのおかげで身体のスペックは常人離れしているが、いかんせん、走るという動作に身体が慣れていないせいでバッチリ疲労困憊だ。

へっへへ、こんだけ苦労したんだ、別に『先人の知恵B』に喜んでやったりしねぇぜ、いっひひ、はやくはやく、レベルアップさせてくれよ……頼むよ、おっ！

ピコンピコンピコンっと気持ちよい音が響く。

レベルアップの快感はやはりたまらねえぜ。病みつきになるなア。

「はぁ、はぁ、はぁ」

辛いデイリーだったが、収穫もあった。かなりの速度で走りながら狩場を回れたので、以前の倍以上の効率でモンスターを倒し、経験値とクリスタルを回収できたのだ。

工夫次第で、いかようにも効率をあげられるというわけだな。

ちなみに他の探索者たちとすれ違って「なんで走ってんだ指男……。はっ！　まさか⁉」って顔を何人かにされてたけど、あれはなんだったのだろうか。

「はぁ、はぁ、はぁ、ステータス」

---

赤木英雄【レベル】56（9レベルUP）
【HP】602／1，650【MP】205／320
【スキル】『フィンガースナップLV3』
【装備品】『蒼い血』『選ばれし者の証』『秘密の地図』

---

レベルアップは上々だ。

「さて、引き続き頑張るか……」

秘奥義、ランニング狩場ルーティンを会得した俺は小走りで6階層をさまよった。

その日の夕方。

俺は地上へ帰還して査定所へ足を運んだ。

「赤木さんお帰りなさい。また2日徹夜かと思いましたけど思ったより早かったですね……って、あーもう、またこんなバッグパンパンに詰めて。本当に仕方のない人ですね！」

今日も気持ちいい時間が来た。

修羅道さんが、俺のバッグからクリスタルをどさーっと受け箱に放出する。

いつもお世話になっている高性能なスキャニングマシンが今日も動きだす。

このマシンに通すと、光を照射して、質量、密度、クリスタルの純度を、スペクトルから解析し、リアルタイムの市場価格と照らし合わせて、最終的な現時点での売値を算出する。——って修羅道さんが言ってた。俺は原理を1ミリも理解していないので、画面にズラーッと表示される数字を見て「すげーっすげっすげっ！」と興奮するだけだ。

---

【今日の査定】
小さなクリスタル　×29　平均価格2,215円
クリスタル　×20　平均価格5,754円

大きなクリスタル　×２　平均価格１２，２０２円
【合計】２０３，７１９円
【ダンジョン銀行口座残高】３５６，０６９円

「わあ、凄いです！　流石は修行僧系探索者ですね！　超ベテランの収穫ですよ！」

修羅道さんがぴょんぴょん飛び跳ねながら喜ぶと、俺も心がぴょんぴょんする。かあいい。

財団職員たちが、チラチラとこちらを見て来る。この量持ってくるやつはあんまりいないらしい。

探索者稼業開始より13日。

総獲得金額35万円。毎日、潜って、徹夜もザラ。

そう考えると、ちょっと……って感じだけど、まあ、この事業には可能性があるので、まったく辛くはない。というのも、今回、俺はＨＰやＭＰ的にかなり余裕を持ちながら、そして、体力にも余裕を持って帰ってきたのだ。

なんで帰って来たのか。理由は単純。バッグがパンパンだったから。

入らないのである、クリスタルが。次回は登山用のバッグを背負って挑もうと思う。

「これでCランク探索者になれますかね」

「ここで赤木さんに残念なお知らせです！」

「はい？」

「Cランク探索者の昇級要項には、探索者歴最低1ヶ月以上が必須です！」

「……はぁ」

「そう落ち込まないでください。申請だけはしてみますからね。もしかしたら、特例でCランクへの昇級が認められるかもしれません！」

認められるかな。認められるといいな。

この道で成り上がるためにはDランクで燻っててはいけないだろうしなぁ。

「うわっ、修行僧タイプだ……」

こそこそと声が聞こえる。振り返ると探索者たちの視線がこちらへ集まってきていた。

「あれが噂の指男……」

「これは大物になるぞ……」

「今のうちに古参アピしとくか……」

噂になってるのか。ちょっと期待されてるのかな？　嬉しくなるな。

俺は緩む頬を押さえ、Cランクに上がれることを願いながら帰途についた。

3

シャワーをあびて、ベッドに飛びこみ、ピザを頼む。冷蔵庫で冷やしておいた炭酸入りコーラをプシュッと開けて渇いた喉にカチこむ。ああ、たまらねえぜ。これぞ豪遊よ。お菓子と炭酸飲料があって、健康があり、動画を見れて、ゲームができれば、もうそれは完成された幸せということさ。

ピザのチーズをビヨーンと伸ばして食べながら、チャットアプリをチェックする。

兄貴からは「英雄　有馬(ありま)記念の時期がやってきました」とか改まった感じでメッセージが来てたので未読無視安定。

我が愚妹からは「もう帰ってこない？　押し入れ使いたいから　お兄ちゃんの部屋物置にするけどいいよね」と来ていた。お兄ちゃんつらたんです。

とりあえず俺の部屋を守るために賄賂を送る。「お金あげる」と。1，000円のお小遣いをペイで送ってあげた。なんて優しい兄なのだろう。

赤木琴葉(ことは)：「少な！」

泣きたい。いつから、うちの妹はこんなになってしまったのだ。

赤木琴葉：「物置にはしないであげる　執行猶予10日」

たぶん、10日は待ってくれるということだろう。そして、執行猶予の使い方間違えてるあたり、やはり我が妹の愚か具合が滲み出ている。

俺は「兄貴の部屋使えよ」と返信しておいた。

我が父からは借用書の写真が送り付けられてきた。借用書は借金に関して法的に効力を持っている書類だ。つまり無言の圧力。口座に20万円を送金して借金を返しておく。

---

【ダンジョン銀行口座残高】１５６，０６９円

---

親父：「スタンプ」

ペンギンが「Ｇｏｏｄ」って言ってる謎スタンプ。親父の愛用だ。

親父：「順調か？」

赤木英雄：「父上珍しいですね　珍しく俺の心配をしてくださるのですか」

親父：「１０３万超えそうか」

赤木英雄：「税金の心配でしたか」

親父：「ほかになんの心配すればいい」

赤木英雄：「流石（さすが）は父上　今までありがとうございました　扶養からは外れます」

親父：「わかった　その仕事で食っていけるならいい　スタンプ（ペンギン）」

なんだか胸がジーンとする。親父は無愛想だし、ハゲてるし、デブだし、顔文字うざいし、大学の学費は払ってくれないし、家族のなかでわりとハブられてるけど、今にして思えば、よくここまで育ててくれたと思う。立派だよ。ありがとな、おや――

親父：「最悪、兄はお前に託す　スタンプ（ペンギン）」

赤木英雄：「それは無理」

自分の子供は最後まで見てやってください。お前がはじめた物語だろ。
家族との心温まるハートフルラインを終えて、ゆっくり湯につかり疲れを癒し、ベッドに飛び込んでその晩はすぐ寝落ちした。

翌朝。

---

【デイリーミッション】毎日コツコツ頑張ろうっ！
『確率の時間 コイン』コイントスで10連続表を出す 0／10
【継続日数】12日目【コツコツランク】シルバー 倍率2・5倍

---

少し毛色が変わったミッションだ。
10回ね。案外すぐ終わったりしてな。500円玉でコイントスする。
1回、2回、連続で表だ。おお、楽勝じゃん。
そう思ったのも束の間。本当の地獄のはじまりはここからだった。
――2時間後
終わらん。まずい。本当にまずい気がしてきた。

横で動画を流しながら、２時間ずっと投げてるけど進捗状況が変わっていない。

これが確率の壁だと言うのか。一向に終わる気配がしないので、いったい自分がどんな確率に挑んでいるのかを調べてみたところ、０・０９７％という敵と戦ってたらしい。

「……」

沈黙するほかない。これまで何とかデイリーをこなして来たけど、これは流石に不可能なんじゃなかろうか……。

「……やるだけ、やってみるか」

長期戦になることを覚悟した。

夏アニメをまとめて見返しながらコイントスに挑む。

――10時間後
終わらんッッッッッ‼　不可能ッッッッ‼

「これは無理だ」

頭を抱えてベッドに横になった。俺のデイリー生活、ここまでかもしれん。このデイリー、来た時点で諦めなくちゃいけないやつだ。今回は本気で継続をリセットされる。

どうにかインチキできないのか。現代っ子らしく電子の海に飛び込んで情報を探す。

すると、どうやら、コインの裏表をコントロールする術（すべ）があるらしいとわかった。

「そうか！　両方とも表のコインを使えばいいのか！　頭いいな！」

さっそく10回やってみた。

【デイリーミッション】毎日コツコツ頑張ろうっ！
『確率の時間　コイン』コイントスで10連続表を出す　0／10
【継続日数】11日目【コツコツランク】シルバー　倍率2・5倍

ダメじゃねーかよ。誰だよ、この雑魚(ざこ)イカサマ考えた奴。まじ雑魚がよぉ。

次はマジシャンの手法をまねることにした。

回転するコインを見て、出したい面が上になるようにキャッチ？

出来るのそんなこと？

「あ」

見える。注意すれば見える。

ふと、兄貴に昔連れて行かれたスロットコーナーでの会話を思い出す。

「英雄見てろよ、これが玄人(くろうと)の目押しってやつよ」

俺の兄貴は高速で回転するスロットを、自分の好きな柄で止められるという超能力の持ち主だった。最初見た時はビビったが、どうにもスロットカスはだいたい目押しが出来るらしい。というか目押しが出来て初めてスロットが始まるらしい。

「へへ、っていうことで、2万だけ！　2万だけ貸してくんね？」

断ってへらへらした顔面にワンパンを打ちこんだのはいい思い出だ。

「この世界には信じられないような技がある……俺はそれを知っている」

ネット記事には「回転数を身体で覚えれば目で見なくてもいけます」と流石に嘘だろって感じに書かれていた。でも、たぶん本当だ。

俺は目をがん開きして、コインの表を選んで手の甲に落として、上から押さえた。

それでもちゃんとデイリーにはカウントされていた。

その後、なんとか5回連続、実力で表を出すことに成功した。

ようやくここまで来た。

ミスることも多いが、意図的に表を選べるのとでは、難易度がまるで違う。

500円玉だと見にくいので、片面をマジックの黒で塗りつぶす。

俺って頭いいな。やはり天才じゃったか。

コイントスをする。表が出た。ウィンドウを確認、進捗状況は『0／10』。ふりだしに戻っていた。サイレントレギュレーションに引っかかったらしい。

ええいクソ。これはインチキ判定なのか。コインへの細工には厳しいんだな。

――午後10時

【デイリーミッション】毎日コツコツ頑張ろうっ！
『確率の時間　コイン』コイントスで10連続表を出す　10／10
本日のデイリーミッション達成っ！
【報酬】『先人の知恵B』×4　『先人の知恵C』×2
【継続日数】12日目　【コツコツランク】シルバー　倍率2・5倍

あああおおおづだぁぁあーッ！

このデイリーやば。結果的にコインの表と裏を見極める実力で攻略した。

確率に頼ってたら、本当に1日じゃ終わらなかったと思う。

レベルアップして反射神経やら、視力やら、生物としての機能が向上していたから、俺みたいな素人(しろうと)でも、なんとかなったけど……。

これは練習しておかないとまずい。次にこのデイリーが来た時に死ぬ。

エクスカリバーと同じく、その2とかも出されたら、たぶん詰みだ。

この日から、俺はコインを持ち歩き、いつでも自分の好きな面を出せるように練習をすることにした。

ちなみに『先人の知恵B』も、『先人の知恵C』も、すぐに使ってレベルアップした。

俺はもうレベルアップ無しでは生きられない身体になってしまったのだ。

24時間ピコンなしだと、手が震え、幻覚・幻聴がはじまる。禁断症状が深刻になればたぶん狂ってしまう。だからはやく気持ちよくさせてくれよぉ！

ピコンピコンピコン！

だアああ！　キタキタぁあー‼

---

赤木英雄【レベル】59（3レベルUP）

【HP】1，905／1，905【MP】400／400

【スキル】『フィンガースナップLV3』

【装備品】『蒼（あお）い血』『選ばれし者の証（あかし）』『秘密の地図』

---

HPは255上昇、MPは80上昇。1レベルごとの成長率も増加している。

いい感じだ。でもね、明日はダンジョンに行きたいなぁ。

4

翌朝。

コインを24時間365日手離さず、いつでも好きな面を出せるようになるまで触り続ける覚悟を決めて、デイリーミッションを確認する。

【デイリーミッション】　毎日コツコツ頑張ろうっ！
『確率の時間　コイン』　コイントスで10連続表を出す　0／10
【継続日数】　12日目　【コツコツランク】　シルバー　倍率2・5倍

やめろよッ！　フリじゃねえんだよッ！　天丼すなッ！

デイリーくんの悪意しか感じられない仕打ちに出るとこ出てやろうかと思いながらも、長い時間をかけて、俺はまた確率に打ち勝った。窓の外は暗くなっていた。

昨日よりは早く終わったけど……ダンジョンに行く気力はない。今日はもう寝よう。

翌朝、俺はまたしても「確率の時間　コイン」というデイリーミッションと向かい合っていた。３日連続である。

何が起こってるの？　ねえ、何が起こってるんですか？

バグった？　バグったの？　ぶっ壊れた？

やばいって、もうダンジョン行くなんて話じゃねえーぞ！

――９時間後
戦いに打ち勝ち、俺は賢者タイムを迎える。

デイリーってランダムだよね。確率の時間？　まず確率という言葉を勉強して出直して来てください。３日連続でデイリーセレクトされて恥ずかしくないんですか。そんなザマで確率とか語らないでください。片腹痛いわ。

この鬼畜デイリーに１日持っていかれてることに反骨精神が芽生えて来た。

１日中、ずっとコインをくるくるくるくる――まあ、ただのアホではありませんか。

集中して表を出さないといけないから、動画や映画、アニメ見ながらだとか、音楽聴きながらだと作業できない。本当に１日を無駄にされてる気がする。

なので、あんまりやる気はないけど、とりあえずダンジョンに行くだけ行ってみる。そうしないと本当の意味で確率に勝った気がしない。

片道２時間長いなぁ。キャンプの近くで泊まれる場所を探すか。

そんなことを思いながらバスに揺られ、キャンプに到着する頃には空は暗くなっていた。

他方、ダンジョンキャンプは明るい。24時間体制で運営されているので、夜でも照明器具——夜間サッカーの時に使うみたいなデカいやつ——で照らされているのだ。

「赤木さん、これからダンジョン攻略ですか？」

「はい。反骨のために」

「よくわかりませんけど、生きていてくれてよかったです。2日ほど姿が見えなかったので、何かあったんじゃないかと思って」

何かあったという心配の仕方で、まず生存を気にかけるあたり、流石は群馬の地だ。狭間の地と並んで危険と評されるだけのことはある。この未開の土地では毎年数百万人が行方不明になっている。事実だ。政府はその事実を巧妙に隠蔽しているが、修羅道さんの態度を見れば、真実は明らかである。

「Cランクへの昇級を、本部に打診してみましたよ」

「あ、そういえばそんな話ありましたね。どうでしたか、結果は」

「ダメだそうです！」

すごく笑顔で言われました。でも、まあ、そういうルールなら仕方ない。

焦ることはない。コツコツ頑張ればいいことあるはずさ。

そうだコツコツと言えば、しばらく財団ＳＮＳの更新もサボってしまったな。

なにか更新するネタでもあればよいのだが……あっそうだ、良いことを思いついた。

「購買ってまだやってますか？」

新しいダンジョンバッグを買ってそれをＳＮＳに投稿してみんなにチヤホヤされよう。

うん、名案だ。やはり俺は天才だ。

「キャンプの購買は24時間体制ですよ」

修羅道さんに別れを告げ、駆け出しの頃に肩掛けバッグを買った購買を見てまわった。

するといい感じに丈夫そうなリュックを見つけた。

これならどんなにクリスタルを詰め込んでも破れることはあるまい。

「ほほう、おぬし面白いやつじゃのう」

品物棚からひょこっと白衣を着た老人が現れた。

真っ白い髪がふさふさ生えた牛乳瓶の底みたいな眼鏡をしたじいさんだ。初対面だが変人の香りをプンプン感じる。

「おぬしが噂になっている指男じゃな」

「どうも。赤木英雄です」

「これは丁寧にありがとう、指男」

このじいさん、意地でも俺の名前を呼ばないつもりか。

「ほっほほ、指男、おぬしどうやら、たくさん物が入るバッグが欲しいようじゃな」

「どうしてそれを」

「その、ヨレヨレにくたびれたカバン、そして手に持つ、より容量の大きいリュック、すべてはお見通しじゃ」

「ほう、やりますね、じいさん」

「そうじゃろうて。この発明品をおぬしに使わせてやろう」

そう言ってじいさんはどこからともなくジュラルミンケースをとりだすと、すさまじい勢いでぶつけてくる。慌ててキャッチする。

「なんだこのじじい、いきなり殺意の波動に目覚めたんですか⁉」

「それは、わしの試作品、名付けて『ムゲンハイール』。本来ならば魔法剣などの開発者として、歴史に数々の名を残すはずだったわしが生み出した神秘科学の傑作じゃ」

「『ムゲンハイール』ですか。ん？　魔法剣の開発者として名を残すはずだった？　ってことは名を残してはいないんですか」

「ああ、わしは開発していないからな」

「まさかそれは、功績を横取りされたとか言う研究者と権力者の泥沼のドラマがあったっ

「いや、開発にまったく関係していないだけじゃけどね。ほら、わしって天才じゃろ？　だからその気になれば魔法剣もわしが作ったことになったらいいなぁってのう」

なに言ってるんだ、このじじい。

論法が、売れない映画監督が「スパイダーマンなんとか俺が考えたことにならねえかなぁー」って言ってるのと完全に一緒ではないですかね。

「なんじゃあ、その眼差し(まなざし)は。悲しいのう。現代の若者の典型じゃ。どうせ、おぬしもボケ老人の戯言(たわごと)と、汚い老人に関わりたくないと、臭いものに蓋をするんじゃろな」

「僭越(せんえつ)ながら誠にクセぇので蓋をさせていただきます。これ返しますね。さようなら」

「ま、待て！　頼むから使ってくれ！　試作品の効果は保証する、わしはこれでも財団の職人なんじゃ！　ちゃんとした発明家なんじゃ！」

こうして『ムゲンハイール』を押し付けられた。

いらないっと突き返そうとしたが、すでに怪しげなじいさんの姿はなくなっていた。

幻のようなじじいだった。俺は悪い夢でも見たのだろうか。

いや、俺の手には確かにジュラルミンケースがある。幻じゃない。

このダンジョンバッグ、神秘科学の傑作とか言ってたけど……ムゲンハイールって言ったか？　絶対に無限に入らねえじゃん。

俺は黒い門へ足を向け、ゲートを守る財団職員らに挨拶し、ダンジョンの中へ。

じじいの妄言を暴くためにとりあえず６階層まで降りて来た。

いつもどおり指パッチンでチワワを燃やしていく、
クリスタルが出たのでジュラルミンケースを開いてしまいこんだ。中は黒い衝撃吸収材で保護されており、収穫物が傷つかないように配慮されていた。なかなか高級感のあるダンジョンバッグだ。外見と内装は１２０点、作成者は１１０番って感じだ。

蓋を閉じる。

「……」

物を入れて蓋を閉めるまで一通りやった。

何のことはない。普通のジュラルミンケースだ。どこが無限なのだろうか。

不思議に思い、蓋を開く。

クリスタルが消えていた。バッグの中はからっぽだ。

しばし考え、理解した。もしやケースの中が異空間化していて、どれだけクリスタルを入れても、満杯にならないということか。だからムゲンハイール？

あの、じいさん、さては評価されない天才だな？

すげえじゃん、普通に。普通どころか、世界の物流を変える発明じゃね。

俺は「すげえ、すげえ、まじすげえじゃん」と感心しながら、ケースにクリスタルを収穫してどんどん入れていく。

「ん、そろそろ、ホテルに帰らないとだ」

適度に狩りをして今日のところは帰ることにした。

「赤木さんが健全なダンジョン生活を心掛けてくれるようになってわたしは嬉しいです！」

1時間とちょっとで戻ってきたら、ニッコニコの修羅道さんに迎えられた。

「ここら辺に泊まれるホテルってありますかね」

ジュラルミンケースを渡しながら訊く。

「今は片道2時間のホテルから通ってるんですけど」

「2時間は大変ですね。あ、そういえば、赤木さんに良い報告が！　宿の件も含めて良いお話ができますよ！」

「良い報告ですか」

「はい、実は……あれ？　クリスタル入ってないですよ、このケース」

「ああ、購買のあたりにいたダンジョン財団の開発者を名乗る痴呆老人から貰ったんです。

たぶん異空間に収納されてるタイプですよ」

「ああ……ドクターですか……でしたら――」

　修羅道さんは突然、細い指先をスカートに滑り込ませた。何かを掴むと「よいしょ」っとひっぱり、先端に分厚い頭――殴打部位――を備えた冗談のように大きなハンマーを取り出した。到底、スカートのなかに隠せる大きさではない。彼女は説明なく、巨鎚でジュラルミンケースを叩き壊した。一撃で粉々に砕け散り、クリスタルが出てくる。

　あまりの迫力に思わず息が詰まってしまう。

「流石は赤木さんですね、みなさんびっくりして腰を抜かしてしまうんです！　ドクターの発明品はいつもどこか欠陥があるので、こうして壊して解決することが多いんです！」

　いや、びっくりしてるのは修羅道さんの攻撃力ですけど……っ！

---

【今日の査定】
小さなクリスタル　×　５　平均価格２，０１５円
クリスタル　　　　×　３　平均価格５，１４５円
【合計】２５，５１０円
【ダンジョン銀行口座残高】１８１，５７９円

「ドクターの発明品には気を付けてください！　簡単に受け取ってはいけません！」

「わかりました。気を付けます。ところで、良い報告というのは」

「あっ！　そうでした！　はいっ！　こちらをどうぞ！」

渡されたのは黒い箱。Dランク昇級の時にも見たやつだ。本物の宝石の証である。

開けば銀縁のブローチが。宝石鑑定書も入っている。

ステンレス合金性の艶やかな型に、エメラルドの緑が鮮やかににんじゃりばんばんと輝いています。結構おおきい。

「1カラットのエメラルドかつ名のある職人の作品ですから、失くしたら大変ですよ！」

「失くしたらどうなります？」

「120万円くらいで再発行ですね！」

実質引退なのよ。絶対失くさないでおこう。

「これはCランクに上がれたってことですか」

「おめでとうございます！　こんな異例はそうそうありませんよ！」

「でも、さっきはダメって言ってませんでしたか。Cランクはまだ遠いって」

「実は財団のエージェントの方がやってきて、直接このブローチを届けてくれたんです。

財団は赤木さんに注目しているみたいですね。個人に対して特別な対応をすることは極めて稀なことなのですが……流石は『指男』と言ったところでしょうか」

指男ってワードが出てくると途端にダサくなる現象なんなんだろうね、本当に。

今からでも名前変えようかしら。ジャッジメント・スナッパーとかさ。

「Cランク探索者になったので、財団が貸し切ってるキャンプ近くの宿泊施設を利用できますよ。赤木さんはキャンプとホテルが遠いとかで、新しい宿を必要としてましたよね」

「ありがとうございます。助かります」

聞けば、Cランク探索者までなると探索者全体の上位15％に食い込む稀少人材らしい。

待遇が一気によくなった。俺はトパーズのブローチを修羅道さんへ返還する。

代わりにエメラルドのブローチを胸に着けた。

今日から俺はCランク探索者だ。

5

上質なエメラルドのブローチを胸に乗せて、できる男の風を纏いながらホテルのフロントへ降りて来た。

「チェックアウトを」

中学時代のスクールバッグに着替えとパンツと夢と希望それとロマンを詰めて、市営バスを乗り継ぎ、財団SNSのDMで送られてきた地図を頼りに、キャンプから徒歩5分のところにある群馬第一ホテルへ赴き、フロントでチェックイン、手続きはすぐに終わり、部屋を軽く見て、荷物を置いて、またホテルを出る。

コイン回ししたり、コイントスしたり、日ごろの訓練を絶やさない。それがプロ。コインとの友情を深めながら、スマホと財布と、ワイヤレスイヤホンとバッテリーを、就活用に買った蒼山のスーツに付属してきたシンプルトレンチコート（現状、普段着。もうくたびれてきた）のポケットに全部つっこんで、ダンジョンキャンプへ向かう。

今日もお祭りみたいに賑やかな外郭部をぬけて、顔見知りになった警察官に「お疲れ様です」と小気味良く挨拶して、顔パスで内郭部へ。警察官に挨拶するって、ちょっとVIP感があって楽しい。

修羅道さんに挨拶して、朝のおしゃべりを楽しんだ後は、購買でリュックを探す。

昨日は謎のクソじじいのせいで不良品を掴まされる妨害にあったので、今日こそ買ってやるのだ。ちゃんとした長く使えるバッグを。

「やあ、指男、待っておったよ」

「あんたは……誇大妄想老人クソボケじじいドクター」

「なんじゃ、その悪口のスターバックスは！　敬いを欠如しすぎじゃろ！」

「まったく何の用ですか。騒がしい」

「ムゲンハイールの使い心地を訊こうと思ってな」

「ぶっ壊れましたよ」

「なにッ!?」

「正確には壊されたというか。冗談のようなハンマーで」

「しゅ、修羅道ちゃんか……何ということだ、またしても彼女が、わしの発明を……」

悪夢に苦しめられる孤独老人のように頭を抱えるドクター。

「ムゲンハイールの性能を証明するためには、さらなる改良を加えた『ムゲンハイールver2・0』が必要なようじゃな」

「それじゃあ開発頑張ってください」

修羅道さんに、関わってはいけないと言われているのだ。

ここら辺でお暇（いとま）させていただこう。

「というわけで、『ムゲンハイールver2・0』を持っていくのじゃ」

ドクターはどこからともなくジュラルミンケースを取り出し、殺意の波動に目覚めたかのような速さでぶん投げて来た。目の前にいるのに全力投球するな。花山薫(はなやまかおる)か。

「大丈夫じゃ、今度のはクリスタルが取り出せないという欠点を改善したパーフェクトエディション」

「ということは、本当の意味でムゲンハイールが完成したと？」

物流革命を起こすような世紀の発明なのでは？（二度目）

流石(さすが)は評価されない天才発明家。俺としては、ぜひそんな彼を支持したい。

「『ムゲンハイールｖｅｒ２・０』の試用実験よろしく頼むぞ」

というわけであれよあれよという間に新しいムゲンハイールを手にダンジョンに降りて来た。

ダンジョンに入ってまずやることは『秘密の地図』を開いて、今日の狩場をＳＮＳへアップロードすることだ。

ああ、そうだ。ついでに、ドクターからもらった『ムゲンハイールｖｅｒ２・０』を写真で撮って「新しいダンジョンバッグ」と添えてあげておく。

「いや、ここはもっとイケてる感じにしようか」

投稿を削除し「全探索者に告ぐ　指男が通るから道を空けろ　俺がダンジョン界を獲(と)る」

と言葉を添えて宣戦布告をする。

うん、カッコいい。ふふ、これは伸びる。俺のカリスマが溢れちゃってるもん。

投稿がバズる確信を得て、今日もまた6階層まで降りて来た。

最初に比べたら、静かで、モンスターの数が減ってきている。この階層もずいぶん狩ってしまった。次の階層へ行こう。Cランク探索者になったなら降りられるはずだ。

ということで長い階層間階段をくだって7階層へやってきた。

む、さっそく愛らしい四足獣を発見。チワワ・ザ・モンスターだ。

ダンジョンチワワもボーダーコリーくらいの大きさになってきた。

「喰らえ7階層、破滅のエクスカリバー」

片手がジュラルミンケースで塞がってるので、右手だけで指を鳴らして『フィンガースナップLV3』を発動。

『フィンガースナップLV3』の変換レートは『ATK20：HP1』だ。

ダンジョンチワワは、ピカとかチュウとか言う黄色いネズミが電光石火してる時みたいに、左右に身をふって、的を絞らせないようにしながら俺の首を噛み切ろうと迫って来る。

しかし、甘い。我がフィンガースナップから逃れられる者はいない。

HP8をまとめて、ATK160——6階層チワワはワンスナップ・ワンキル圏内——を放った。命中。だが、モンスターは引かず。頑丈な顎で噛みついてくる。

体勢が崩れず攻撃を続けて来た……スーパーアーマーがあるのだろうか。厄介な。

バックステップで距離を取り、ここからは攻撃を刻む。

1回、2回、3回、4回——

結果、ATK320、16回『フィンガースナップLV3』を放てば倒せるとわかった。

推定のHPは301~320といったところか。

6階層に比べると、倍近くに硬さが跳ね上がっている。

なるほど、確かに。これまでと同じ感覚でいたら対応できない。

さっきの電光石火みたいな動きをされたら、いかに我が『フィンガースナップLV3』が命中率に優れていようと外す可能性がある。

俺はモンスターの強さという理由で、この階層をしばらくの活動場所にすることを決めた。これまでモンスターの硬さしか見てなかったが、ここからは俺が被弾するリスクが出てきた。なので目を慣らすため7階層で1日を過ごすことにする。

ちなみに本日のデイリー『日刊筋トレ：腕立て伏せ』はダンジョン内でさくっと終わらせた。これで継続日数は15日になった。いい感じだ。

俺もそこそこ成長したのか、『先人の知恵C』くらいじゃ、レベルアップ出来なくなってしまった。経験値は薬物と似ている。最初は少量でも満足できたのにな……イヒヒ、レベルアップがしてぇよぉ……。

禁断症状に駆られながら、朦朧(もうろう)としつつ、チワワたちを火葬していく。

クリスタルを拾ったら、ジュラルミンケースへどんどん詰めこむ。

1日が終わる頃。レベルアップ音が全然聞けないことにより、幻覚と幻聴に悩まされるようになってきた。

レベルアップしたい。レベルアップさせてくれよ……ちょっとだけでいいんだよ……。

半分意識が飛びながら、ランニング狩場ルーティンをするものだから、誤って『蒼(あお)い血』を『ムゲンハイールver2.0』へ放り込んで蓋を閉じてしまった。

「あぁ、いけないいけない……これはくりしゅたるじゃにゃい……イヒヒ——ん？　なんだ？」

蓋を開けると、ちゃんと『蒼い血』はあった。ただ、変な感じがした。

なんだろう、この注射器、ちょっと綺麗(きれい)になっているような。

正気に戻り、アイテム表示を開いて詳細を確かめてみる。

---

『蒼い血LV2』

古(いにしえ)の魔術師が使っていた医療器具

MP10で充填　使用すると体力を200回復する

あれぇ……なんかうちの子がいつの間にかグレードアップしてるんですけど。

「まさか、ムゲンハイール、お前、そういう性能なのか……！　って、あれ？　クリスタルがほとんど無くなっている⁉」

『ムゲンハイールver2・0』には致命的な欠点があったようだ。

じいさんが作ったこのダンジョン装備、異常物質(アノマリー)とクリスタルを入れると、隠された効果が発動する。クリスタルを消費して、異常物質(アノマリー)をLV2に進化させる変な能力だ。

錆(さ)びた注射器だった相棒がピカピカの新品になっているのがその証拠である。

この不思議な機能を報告するべく俺は地上へ戻った。

「おかえりなさい、赤木さん。今日もお疲れ様でした。あっ、それドクターの発明品ですね！　いまこの戦鎚(せんつい)ラストワードで粉砕しますので、そこに置いてください！」

やめてぇえ！　この子は悪くないの！　すごい子なんだってぇえ！

『ムゲンハイールver2・0』がクリスタルを吐き出せることを証明する。

【今日の査定】

小さなクリスタル　×９　平均価格２，１７７円
クリスタル　×３　平均価格４，９０７円
【合計】３４，３１６円（たぶん『蒼い血』の進化に20万以上余裕で吸われた）
【ダンジョン銀行口座残高】２１５，８９５円

「すごいです。ドクターの発明でマトモに機能したのはこれが初めてですよ！」
１，０００年に一度の奇跡の発明を、俺は手に入れてしまったようだ。

赤木英雄【レベル】62（３レベルＵＰ）
【ＨＰ】１，９０５／２，１５６【ＭＰ】３６０／４４９
【スキル】『フィンガースナップＬＶ３』
【装備品】『蒼い血ＬＶ２』『選ばれし者の証（あかし）』『秘密の地図』『ムゲンハイールｖｅｒ２．０』

レベルアップも少しだけした。ＨＰは２５１上昇、ＭＰは49上昇。
以前のレベルアップではもっと成長した気がするが……ふむ、どうやら成長率は一定で

はないようだ。全体的に数値はあがっていくが、次の1レベルで上昇するステータスがそれ以前より高いとは限らないということだろうか。レベルアップは奥が深い。

「お疲れ様でした、赤木さん。ゆっくり休んでくださいね！」

修羅道さんに別れを告げ、ドクターを探す。しかし、どこにも見当たらない。

「神出鬼没だな、あのじいさん」

どれだけ購買をうろちょろしても出現しなかったので今夜は諦めることにした。

6

微睡（まどろみ）から浮上すると喉がざらついたような不快感に襲われた。

暖房の効きすぎた部屋の弊害である。何ということだ。

ホテルが変わったせいで、加湿器の機能が欠如していることを見落とすとは。

流石は群馬。油断すれば命の保障はないということだろう。

運が良かった。本来なら昨日の時点で俺は死んでいたに違いない。

「ありがとうな、『選ばれし者の証』」

最近はなにかイイコトが起こったら、だいたいこれのおかげだと思うようにしている。

顔を洗って、アニソンプレイリストで音楽流しながら、デイリーミッションを探す。あった。今朝も謎の配達員はしっかり仕事をしてくれているらしい。

【デイリーミッション】毎日コツコツ頑張ろうっ！
『名探偵　追跡編』　尾行する　0時間／1時間
【継続日数】15日目【コツコツランク】シルバー　倍率2・5倍

所要時間1時間。一見して楽そうに見えるデイリーだ。

しかし、俺は知っている。デイリーくんはたいていの場合、サイレントレギュレーションという罠カードを伏せていることを。

未曽有の試練になる可能性を見越して、俺は早めにデイリーに取り組むことにした。いつでもあの地獄『確率の時間』が始まってもいいようにコインを指で弄びながら。

「よお、指男！　今日もダンジョンに潜るのかい！　元気があっていいね、若いのは」

「俺なんて1日潜ったら2週間は休まねえとHPが全回復しねえやい、がははは！」

キャンプへやってくるなり酒飲み探索者たちに絡まれたので、「あはは」と伝家の宝刀スキル愛想笑いで切り抜ける。

さて、ここでデイリーに最適な人材を見つけようか。

尾行する、とあるだけなので、誰を尾行してもよいのだろう。

しかし、待てよ。尾行と言うからには普通の人を追いかけても仕方あるまい。そもそも尾行って怪しい人物の尻尾をつかむためにするものじゃないのか。

「ん、なんだあいつ」

厚手のコートにサングラス、マスクで顔を隠した露骨に変なやつを視界にとらえた。

むむ。今、一瞬だけ目が合ったような気がする。

おやおや、逃げていくぞ。なんで目を合わせただけで……やはり怪しいぞ。

デイリーウィンドウを確認すると『0分5秒／1時間』と進捗状況が変わっていた。

尾行と言うからには、追いかけなくてはいけない。

なるほど。やつを追跡しろってことかな、デイリーくん。

もう目で見なくてもコインをいじれるようになっていた俺は、適当にコイントスの練習をしながら、怪しげなその男を追いかけた。

追いかけたら麻薬取引現場にでもたどり着くのかなぁとか思っていると、いつの間にか山道へやってきてしまった。50分も経つ頃になると、男はこちらをチラチラ振り返りながら、ダッシュで逃げるようになっていた。取引現場が近いのか。

デイリーのウィンドウを見やれば『50分5秒／1時間』となっている。見た感じ気が付かれても尾行してることになってるので、このままいこうと思う。

森の奥へ、奥へ奥へ、どんどん入っていく。

獣道をかき分け、袋小路へ逃げこむ尾行対象。俺は入り口を塞ぐように立った。

15m先では行き場を失った追跡対象の男性が、あたりをキョロキョロし、そして、俺が袋小路を塞いでいることに気が付き、顔色を蒼白に変えている。

あたりには俺のコイントスの音だけが響く。

取引現場じゃない？

「指男……ッ、頼む許してくれ……ッ、私は君に興味本位で近づいただけの記者なんだ……！　怒らせる気なんてなかった……ッ！　本当にすまないッ、家族がいるんだ、妻と娘、だから、頼む、命だけは……っ」

なんだ記者だったのか。てっきり売人かと思ったよ。群馬だし。

少し怖がらせてしまったかな。でも、これでデイリー完了だ。何をするわけでもない。

俺が指男だって知ってるということは、探索者がデイリーに明け暮れてるのも知ってるんだろうな。謝れば理解してくれるはずだ。

「デイリーの尾行ですよ、どうもすみません」

そう言って、ぺこりと頭をさげて、俺はキャンプへと戻った。

【デイリーミッション】　毎日コツコツ頑張ろうっ！
『名探偵　追跡編』　尾行する　1時間／1時間
本日のデイリーミッション達成っ！
【報酬】『先人の知恵C』×2
【継続日数】　16日目　【コツコツランク】　シルバー　倍率2・5倍

無事にクリアだ。
（新しいスキルが解放されました）
え？　スキルだって？　マジかよ。ついに2つ目のスキルが増える？　あっつ。
わくわくしてステータスを確認すると、『恐怖症候群』というスキルが増えていた。
ウィンドウの『恐怖症候群』を指で撫(な)でて、詳細を開いてみる。

『恐怖症候群』
恐怖の伝染を楽しむ者の証　他者の恐怖を経験値として獲得できる

【解放条件】獲物に死の恐怖を与えながらも生かす

いやいや、楽しんでないです。

他人の恐怖を経験値として獲得って最低なスキルだ。

絶対に俺はこんなスキルは使わない。つっても俺は模範人間だからな。

修羅道さんが忙しそうに査定所に並ぶ探索者たちをさばいているのを見て、俺も頑張ろうとやる気を貰いダンジョンへ入ります。

さて、では『秘密の地図』で今日の狩場をSNSにアップロードして、と。

おお、投稿から10分で、『拡散』20『いいね！』69も集まった。

少しずつ指男の今日の狩場コーナーが浸透してきている証だな。

あれれ、でも、昨日投稿した「全探索者に告ぐ　指男が通るから道を空けろ　俺がダンジョン界を獲る」というクールな文言と共に投稿した『ムゲンハイールver2・0』のつぶやきには『拡散』0『いいね！』2しかついてませんねぇ……まだまだ、指男自体に興味を持ってくれてる人は少ないってことかな。

「ま、まあ、別に気にしてないし……」

俺はそっと投稿を削除した。

うんうん、俺は別にチヤホヤされたいわけじゃないしね。みんなに役立つ情報をシェアできれば、それで、いいん、だし。恥ずかしくなったとかではないんだしね。

ダンジョン7階層まで降りて、少し慣らしてからついに8階層へと降りた。

例のごとく、まずはモンスターのHPチェックから入る。ATK320――7階層チワワ、ワンスナップ・ワンキル圏内――で撃ってから、ダメージを刻んで与えていく。

結果、ATK460でチワワは消し炭になった。

消費はHP23だ。この程度の消耗なら弾薬的には問題はない。

モンスターの強さ的にも、もう危うさは感じない。

6階層～7階層のギャップはあったが8階層にはさほどの強さの違いは感じなかった。速さにもすでに適応できている。

近づかれる前に、指パッチンを一撃たたき込むことは、さほど難しいことではない。

ということで、まだまだイケそうな自信と、そろそろ階層制限が来そうな恐怖とを抱えて9階層へと降りることに。

階層間階段を降りるとさっそくチワワ発見。もうチワワってデカさじゃないけど。有酸素下なせいでぶくぶくでかくなってるけど。まあ……チワワということにしておこう。

さあ、おいでおいで、くあいいですねぇ、消し炭のお時間ですよ～。

「ガルぅう！」

「死ねぇい悪しきチワワ！」

――パチン
ＡＴＫ４６０の爆炎が獰猛な獣を包みこんだ。

同時、黒煙を破って突進してきた。すごい速さだ。腹にもろに頭突きを喰らった。

視界がぐわんっとまわって、ダンジョンのひんやりした地面を転がる。

俺はジュラルミンケースを放り投げ、両手撃ちを解放し、秒間６回の『フィンガースナップＬＶ３』の弾幕をあびせた。日々のエクスカリバーで鍛えられた俺の連射力（※指パッチン）を舐めるなよ。

数秒後。ＡＴＫ６１０分のダメージを与えたあたりで、ようやく燃え尽きて、大きなクリスタルをドロップしてくれた。

さっき頭突きされたよな。なにげに初めてダメージ喰らったかもしれない。

心配になり、ステータスを開く。

『【ＨＰ】１，５９６／２，１５６【ＭＰ】４４９／４４９』

ああ、いくらダメージを受けたのかわからねえ。

ＨＰ消費して攻撃してるせいだ。

7階層で何匹倒したっけ、8階層では2体……？　わからん。覚えてない。

でも、体感的にあんま痛くはなかった。このHPが1，000を下回っていたら「うっわ、めっちゃ減ってるじゃん！」って感じでヤバかったかもしれないけど、見た感じ、さほど減ってないような気もする。……というか減ってるか？

しかし、流石(さすが)は9階層だ。正直かなり動きが速かった。

これはつまり、レベル的には9階層が適正ということだろう。

うーん、しかし悩みどころだ。すでに9階層チワワのHPがわかった以上、みんなワンスナップで戦闘終了なんだよね。体感的には9階層でATK610なら次の階層も行ける気がする……──あ、10階層へ降りられる階段発見、ちょっと降りてみようかな。

『警告！　探索者ランクが足りません！』

相変わらず、すぐに来るよな、この警告はよ。本当によ。

でも、仕方あるまい。ここまで順調すぎるくらいだったしな。

ここら辺でもう一度鍛え直そうじゃないか。

その晩、9階層でランニング狩場ルーティンを回しクリスタルをかき集めた。

時間もいい頃合いだ。さて、帰ろうか──といったあたりで『ムゲンハイールver2・0』を使ってみることにした。あのマッドサイエンティストに試用を頼まれているのでね。

　ジュラルミンケースの中には、たんまりとクリスタルが入っている。

　ここに異常物質（アノマリー）を入れて蓋を閉めれば、異常物質（アノマリー）ＬＶ２が獲得できるはずだ。

　今回の被験者は『秘密の地図』だ。さっそく入れてみて、蓋を開ける。

「変わった……？　ん？　いや、変わってないか」

　クリスタルも減ってない。

　なんだ。ダメじゃないか。変化なし。俺の推測は間違っていたというのか。

　それとも、この進化機能が消耗品で、1品のみ進化可能みたいな？

　現状では知る由（よし）もない。ドクターを見つけたら訊いてみよう。まあこっちの意思で見つけることは難しいのだけどね。あのじいさん神出鬼没だし。

「赤木さん、おかえりなさい。お疲れ様です。ダンジョンバッグの投稿なんで消しちゃったんですか。恥ずかしくなったとかじゃないですよね！　まさかね、あはは！」

　帰ってきてそうそうにグサリッ！　よりにもよって修羅道さんにあの投稿をチェックされてしまうなんて！　やめてぇえ！　それは俺に効く！　余裕でリーサルだよ！


---

『今日の査定』

小さなクリスタル　×　９　平均価格２，２３０円
クリスタル　×　13　平均価格５，１０２円
大きなクリスタル　×　６　平均価格１３，２８９円
【合計】１６６，１３２円
【ダンジョン銀行口座残高】３８２，０２７円

「大きなクリスタルが６つも！　赤木さんは愛され探索者さんですね！」

「愛され探索者？」

「ダンジョンに愛されてるということですよ。大きなクリスタルは10階層以降でのドロップ品として一般的には認識されてますから、９階層でめぐり会えるだけでも、幸運なことなんです。それなのにこんなにたくさん！　すごいです！」

幸運……俺は黒いブローチ『選ばれし者の証（あかし）』を撫でる。

お前が引き寄せてくれたのか、ブチ……（名前つけた）。

ピコン！

ん？　今レベルあがった？

赤木英雄【レベル】65（3レベルUP）
【HP】1，590／2，960【MP】150／630
【スキル】『フィンガースナップLV3』『恐怖症候群』
【装備品】『蒼い血LV2』『選ばれし者の証』『秘密の地図』『ムゲンハイールver2.0』

レベルがあがっている。なんでだろう。モンスター倒したわけじゃないのに。

「どうしたんですか、赤木さん？」

「いや、なんでもないです」

特に気にする必要もないだろう。きっと判定が遅れただけだ。

――この時の俺は知る由もなかった。どこかの誰かを追い詰めた結果、『指男』に関する身のすくむような暗い恐怖の伝染がすでにはじまっていようことなど。

## 7

世の中の秘密あるところに、その男あり。

そううたわれる敏腕記者がいた。

彼はスクープのためなら、戦場だろうと、深海だろうと、宇宙だろうと足を運ぶと言われている。彼の一眼レフからは、どんなスクープも逃げられない。

今回、彼がやってきたのは上記のいずれよりも恐ろしい野生の王国——群馬だ。

「群馬、気を抜いたら死ぬな」

記者は覚悟を決め、相棒の小型一眼レフと、そのほかの記者の7つ道具をコートに忍ばせて、対象をとらえるべくダンジョン財団キャンプへと赴いた。

## 8

群馬の秘境に出現したクラス3ダンジョン攻略も佳境に差し掛かってきた。

ここは青空ビアガーデン。白いテントの下にずらーっと並んだ殺風景な机と椅子は、いつだって酒飲みたちで満員御礼。

本日もそれは盛況なビアガーデンの一角に青ざめた顔の男がいた。

彼はテーブルに使い古された一眼レフを置いて、じーっと見つめている。

レンズに映る自分が、浮世にさまよう幻影ではないことを確かめるように。水泡のように儚く、ふとすれば消えてしまうことがないように、ひたすらに目を見開いている。

そうすることでしか、生の実感を得られないでいるのだ。

「財団はあなたが指男に接触したという情報を手に入れた」

酔っぱらった男はびくりとして、その声の主へ視線を向けた。

黒いフォーマルスーツ。黒いサングラス。

寒くなってきたせいか、黒いコートまで着ている。

マトリックスに出てきてもなんらおかしくない格好だ。リザレクション。

彼女の姓は餓鬼道。下の名前は誰も知らない。

「どうして怪物」

餓鬼道は『どうして怪物エナジーで酔ってるの？』と訊いているのだが、相変わらず言葉足らずなせいで正確に意味が伝わっていない。

「どうして怪物？　ああ、そうさ、そのことを伝えるために俺はここにいるんだ……」

神妙な面持ちで男は語りだす。

「あの時の俺はなにもわかっていなかったんだ。意気揚々と、大きな魚を釣り上げるために罠を仕掛け、翌朝その仕掛けを確認しにいく漁師のようなワクワクした気分で、この血の沁み込んだ群馬の地へやってきてしまった。もし俺が過去の自分に何か伝えられることがあるとすれば、それは『指男だけには近づくな』だ。俺はもう二度と群馬には来ないだろう。なぜかって？　指男との恐ろしい邂逅を思い出してしまうからさ」

酔った勢いで饒舌になった男は怪物エナジーをガブガブと飲み干す。

指男について語った分だけ、自分の寿命が削られているとでも言わんばかりだ。

「いいかい、財団のお嬢さん。俺はもう記者じゃない。あんたに最後の記事を届けたら、姿を隠す」

「どうして怪物」

「やつの怪物たる由縁、知る覚悟はあるかい」

男は声を潜ませて語りだす。

「俺の調査は2日に亘った。初日、俺は指男について出来る限りの情報を集めた。そこから見えてくる人物像は、好青年然としたものだった。とりたてて、おかしな点もない。2日目、俺は指男を尾行しようと思った。なんで、そんなことを思ったのかだって？」

餓鬼道はごくりっと生唾を飲みこむ。

「俺は甘く見てたんだ。侮っていた。少しずつ、されど確実に存在感を増しつつある指男の正体を、暴いてやろうってな。これでもそれなりに敏腕記者として名前を売ってきた。だから、出来ると思った。あの時の俺は驕っていた。まるで、狩人が猟銃を自慢げにかかえ、獲物を狩ってやろうと白い歯を見せる時のように、俺は侮っていたのさ。獲物（スクープ）を摑んでやるってな。キャンプで指男を見つけ、そして、俺は一眼レフを１００ｍの距離から構えた。ばっちりフレームに入っていた。指男の横顔がな。あとでクソコラして、週刊誌にでも流してやろうとかも考えてた。さあ、シャッターを押すぞ。そう思った時だ。指男と目が合ったんだ。レンズ越しに」

男は怪物エナジーをひと口飲む。

手の震えが激しくなり、口調もたどたどしくなっていく。

「や、奴は、指男は、俺をまっすぐに見つめていた。忘れもしない。あの目。あれは、獲物を狩る目だ。１００ｍも離れていたんだぞ？　なのに、奴は自分を探ろうとする俺を見つけた。その瞬間、悟った。指男は探られるのを嫌がってるってな。俺は慌てて逃げだした。奴は追ってきたんだ。俺は夢中になって走った。そして、群馬という秘境に捕まった（※道に迷った）」

「あなたは間違えた」

「そう、俺は敵を間違えたのさ。気が付けば俺と指男だけが、深いジャングルで鬼ごっこしていたんだ。向こうもその時を待っていたんだろう。俺を追いかけるのに姿を隠すことなどせず、堂々と歩いてあとをつけてきた。俺はなりふり構わず逃げた。その先で、袋小路に逃げ込んでしまった。振り返れば、奴がいた。そうさ、俺は奴に嵌められたんだ。手のひらの上で踊っていただけだったんだ。俺は猟銃を持った狩人なんかじゃなかったんだ。死というものをハッキリと感じ取った。指男の奴何をしてたと思う？」

餓鬼道は迫真の表情で言葉の続きを待つ。

「コインを弄んでいたのさ」

「コイン……？」

「奴はコイントスをした。俺はバカじゃあない。その状況で、コインを投じた意味を理解できない奴はいない。奴はあろうことか、人間の命を、コインの裏表にかけて、消すか、生かすかを選んでいたんだ！」

餓鬼道はハッとする。彼女のなかですべてが繋がった瞬間だった。

（私の読み通り。指男は人の命を弄ぶ。彼はいつだって狩る側にいる）

無言でテーブルをバンッと叩いて、恐怖に心を壊された男に先をうながした。

「俺は必死に命乞いをしたんだ。そしたら、奴はなんて言ったと思う……？」

男は一拍おいて続けた。

「『デイリーの尾行ですよ、どうもすみません』だ」

（『デイリーの尾行ですよ、どうもすみません』……、っ、まさか——）

頭脳明晰な灰色の脳細胞に、ピカーンと電流が迸る。

「デイリーの尾行ですよ、どうもすみません——Daily Be cool or death you. Do not see me……hm（ゆめ忘れるな、冷静になれ、さもなくば死がお前を捕まえる。二度と俺を探るな）」

（指男はコイントスによって、人間の生き死にを選ぶ快楽主義者……間違いない）

餓鬼道は確信した。

大変な事実が明らかになった。ここから先は迂闊な内偵はできない。

下手に近づけば死体がまたひとつ増えることになる。

「よく話してくれた。ありがとう」

「俺が生き残ったのは運命の気まぐれさ。あのコインが裏を出していれば、俺はここにはいなかった……お嬢ちゃんも気を付けるんだな」

餓鬼道はキャンプを離れて、道路脇に停めていた黒塗りの高級車に乗り込む。

「あのぉ、ここ駐停車禁止なんですけど……」

警察官が申し訳なさそうに注意してきた。

「日本語は喋(しゃべ)れない」

「今、喋りましたよね？」

「I don't speak Japanese」

「もう遅いですが？」

餓鬼道はアクセルを踏みこみ、警察官をふりきった。

時速80ｋｍで公道を走り、片手でハンドルを切り、ＳＮＳで指男をチェックする。

「指男、もうこっちの正体を？」

餓鬼道は思わず赤信号をまえにしてブレーキを踏んでいた。

動揺からそうせずにはいられなかった。

昨日、指男が新しいダンジョンバッグを手に入れたとかで、イキり散らした投稿をしていたので、餓鬼道はとりあえず『いいね！』をして軽くジャブを打っていたのだ。

その投稿が今朝になって消されていたのである。

「っ」

餓鬼道は悟る。

投稿が消された理由。それはメッセージにほかならない。

すなわち『これ以上探るなら、今度消えるのは投稿じゃないぞ』という暗示なのだ。

餓鬼道はこれまでの情報を整理して、謎に包まれた指男の性格を分析する。

FBI時代に学び、鍛えたプロファイリングが火を噴いた。

指男は指先で命を弄び、コインで生殺与奪を決め、ストイックにひたすらに自分を高める修行僧のような男で、雨にも負けず、風にも負けず、雪にも夏の暑さにも負けぬ丈夫な身体(からだ)の持ち主であり、表面では好青年という仮面をかぶってはいるものの、自分に近づく者は容赦なく、されど遊びながら追い詰める男──である。

「うん、だいぶ人物像が摑めて来た。素人(しろうと)じゃまるで歯が立たない。迂闊に近づけば消される。SNSの投稿のように」

餓鬼道はアクセルを踏み込み、時速150kmで降りきった遮断機を突き破った。

エージェントGの捜査はつづく──

## 幕間（まくあい）　指男の噂（うわさ）

エージェントG：指男について探ってはいけない
風吹けば名無し：またその話
　　　最近多くね
おパンツひも理論：興味のある話ではあります
これは両手斧（おの）です（本物）：あれはデカくなる
　　　俺にはわかる
エージェントG：彼は危険
　　　冷酷でストイック
　　　彼に近づけば命はない
カマド・タンジェロ：この前、キャンプいたわ
風吹けば名無し：まじ？
　　　強いん？
おパンツひも理論：３週間前に現れた彗星（すいせい）

カマド・タンジェロ：意味わかんないくらい強いよ
　いまなんレベでしょう
メタビ大好き：指男とかポっとでだろｗｗｗ
　すぐに忘れられるｗｗｗ
ハンバーグの妖精：指男
　まだ判断しかねる
風吹けば名無し：タンジェロ続けて
おパンツひも理論：いまレベルはいくつなのでしょう
カマド・タンジェロ：この前ダンジョンで会ったんだけど
　指パッチンで倒すんだよ
　一撃
　フィンガースナップのレベルアップ版だけで戦ってるらしい
風吹けば名無し：それ倒せるの？
　モンスター
メタビ大好き：嘘(うそ)つくなｗｗｗｗ
　森杉ｗｗｗｗｗ

　　フィンガースナップで倒せるわけねえだろｗｗｗｗ
　　あんなクソカススキルｗｗｗｗ
エージェントＧ：それは本当
これは両手斧です（本物）：あいつ攻撃スキルはフィンガースナップしか持ってないぞ
風吹けば名無し：ごめん誰かおパンツに反応してあげて
カマド・タンジェロ：レベルがいま
　　　　たしか73くらいだった
おパンツひも理論：返答ありがとうございます
　　　でも嘘ですね
メタビ大好き：だよなｗｗｗ
　　１００嘘ｗｗｗｗｗｗｗ
　　３週間で73レベルはありえねえからｗｗ
　　もっと遠慮しろよｗｗ
おパンツひも理論：手元にある資料では73レベルまでは順調にいって7年
　　優れたダンジョン因子と見積もってその半分で3年半
　　３週間は無理とかそういう話じゃないです

カマド・タンジェロ：いや、でも本当なんだって
　俺ステータス見せてもらったし
エージェントG：言ったはず
　指男にはあらゆる常識が通用しない
　彼はおそろしい怪人
　きっと新種のダンジョン因子を持っている
おパンツひも理論：ともすればありえるのかもしれませんね
　我々はとんでもない怪物の誕生を目撃しているのかもしれません
メタビ大好き：お前らタンジェロに踊らされすぎｗｗｗ
　嘘に決まってんだろｗｗｗｗ

# 第三章　ブルジョワ探索者

朝起きて、さっそくデイリーミッションを手に取り確認する。

本日は『約束された勝利の指先　その2』。おう、来たか。エクスカリバー。

ダンジョン財団関係者やら、探索者やらが宿泊するホテルで、奇行と恥を重ねるわけにはいかないので、少し歩いて山の奥へ向かい、感謝の指パッチン2，000回を終わらせて午前中にホテルへ戻ってくる。

時計を見れば、まだ午前10時。前より早く終わるようになった。

指パッチンの速さも増しているためか。訓練の賜物(たまもの)、いや、エボンの賜物かな。

報酬の『先人の知恵C』を使って、身支度を整えて、黒いブローチとエメラルドのブローチを着ける。

『ムゲンハイールver2・0』を片手にたずさえ、ホテルを出て、フロントで探索者たちとすれ違ったら会釈(えしゃく)して「Cランクおめでとう！」「俺はお前が大物になるって信じてたぜ！」と声をかけてきたら「たはは」と笑顔を返して通り過ぎる。

俺もそこそこ有名になってきたかな。名が広がるのは嬉(うれ)しいな。

ダンジョンへやってきた。昨日の投稿をさっそく確認する。

『拡散』90『いいね！』256

めっちゃ成長しておる。俺のなかだともうバズっている扱いなんだけど、夢は大きく持ちたいので、まだまだ満足などしてやらない。

『秘密の地図』を開いて狩場をアップ。今日の更新を完了して7階層まで降りてきた。

今朝、修羅道さんに話を聞いたところ、Bランクにあがるためには、最低でも3ヶ月の探索者キャリアが必要になるとか。

D→Cよりも審査は厳しく、よほどの例外なくしては昇級は望めないらしい。

なので、俺は生き急ぐのをやめた。

どうせ7階層〜9階層のモンスターを狩り尽くしてしまう気がしたので、上の階層から順々に行くことにしたのである。

――しばらく後

ランニング狩場ルーティンをまわし、今日もまた1日頑張った、そう思って帰ろうとした時のことだった。

「ん？　なんだこれ」

ダンジョンのとある通路の奥まったところに黒い門を発見した。

不思議なオブジェクトだ。今までに見たことがない。

黒い門は鋼鉄製なためか重く、硬く、厚そうだった。

埃っぽく、さび付いている。手入れもされていない。

長年の間、誰にも開かれずに忘れられているかのようだ。

表面には、薄い霧がかかっている。

そこに白い文字で『ボス：無垢の番人』と書かれていた。指でなぞると、白い文字が黒くなっていく。白紙に墨汁をゆっくり注いでいくかのように、だんだんと暗黒に侵されていく無垢な字を見ていると、この先に邪悪な何かが待っているような気がしてならない。

俺は黒鉄の門を力一杯に押した。意外とすんなり開いた。

壁際に等間隔で並べられた松明の灯りが、ドーム状の空間を照らし出す。

扉の先は遺跡になっていた。まるでコロッセオだ。地面には粗い砂が敷かれており、骨のような物が散乱している。人間の骨に見えないモノも少なくない。

闘技場だ。ここは闘争の場なんだ。

ドーム中央には大火が燃えていた。焚き火だ。壁際の松明よりずっと大きい。

火の周囲には丸太が4つ寝かせてあって、簡易なベンチになっている。

うちひとつに、人影が座っている。

人影は大きかった。縦に3mの高さがある。人間だとしたらとんでもないデカさだ。

横にも3mくらいはある。人間だとしたらとんでもないデブだ。

焚き火に歩み寄り「こんなところで何をしてるんです？」と訊いてみた。

デブはのそりと振り返る。俺は息を呑んだ。デブの顔はこの世のものとは思えないほど、艶々していて、のっぺりと引き伸ばされていたからだ。

溶けているとも言えるかもしれない。例えば人間の頭部を茹でて、冷やして、ワックスでコーティングしたら、こんな感じになるだろうか。

何とも言えない質感は、顔面だけではない。

黒い厚布を素肌の上から原人のように巻いている全身が奇妙な質感をもっている。

デブは何も答えなかった。代わりに立てかけてあった大きな鉈と、ランタンをそれぞれの手に掴むと、おもむろに立ちあがり走ってきた。

大鉈を振りかぶる。殺意が120％。確実に俺を殺しに来ている。

俺は「こいつ絶対ボスキャラじゃんっ」と思いながら、推定『無垢の番人』へ向けて、すべてをぶつけることにした。

ボスに手加減することはない。『蒼い血LV2』を打ち、体力を全回復させる。

『【HP】3，080／3，080』

リロード完了。

「俺はこの時を密かに待っていたのかもしれない」

放つのは最大火力『ATK60，000：HP3，000』。

「生きてたらお前の勝ちでいい――」

指を擦りあわせる。触れる指と指の隙間から、黄金の火花がジリジリと溢れだす。

指が重たい。指パッチンのモーションを取るだけで、凄まじい筋力を要求される。

だが、舐めるな。俺を誰だと思ってる――俺は『指男』だ。

「エクスカリバー」

静かにつぶやき、指を鳴らした。乾いた音が響く。

直後、ドームを爆炎が襲った。遺跡の一部を蒸発させ、気化し膨張した熱風が顔を殴ってくる。俺は腰を落として、衝撃に耐え、ボス部屋の入り口付近まで押し戻されながら、薄く目を開いた。

『無垢の番人』は灼熱によって、消し炭となって、跡形もなく消えていた。

青白い経験値の粒がぱぁーっと俺に寄ってきて身体に染み込んでいく。

ピコンピコンピコンピコン！

あぁ～たまらんのじゃあ～！　これこれぇえ～ッ！

赤木英雄（あかぎひでお）【レベル】71（6レベルUP）
【HP】80／3，903【MP】250／780
【スキル】『フィンガースナップLV3』『恐怖症候群』
【装備品】『蒼い血LV2』『選ばれし者の証（あかし）』『秘密の地図』『ムゲンハイールver2・0』

久しぶりにこんなレベルアップした。やはり、ボスだったのか。
凄（すご）い経験値量だ。すばらしいよデブ。
（新しいスキルが解放されました）
おお、またスキルが増えたぞ！　やったこれで3つ目だ！

『一撃』
強敵をほふることは容易なことではない　ただ一度の攻撃によるものなら尚更（なおさら）だ
最終的に算出されたダメージを2・0倍にする　168時間に1度使用可能
【解放条件】50，000以上のダメージを出して一撃でキルするこれは……強い。というか強すぎる。逆に使い道あるかなぁ……168時間に一回きりって、もったいない症候群の俺だとちょっと躊躇（ちゅうちょ）しちゃいそうだ。エリクサーとかマグナム弾とかって絶対にラスボス戦まで残しといちゃうんだよ。

『蒼い血LV2』を何度も打ちながら『無垢の番人』の灰塵（かいじん）の盛山をさぐる。

あった。アイテム表示が見えた。

異常物質（アノマリー）を拾いあげる。ボスが着ていた厚布だ。

アイテム名は『アドルフェンの聖骸布』か。

---

『アドルフェンの聖骸布』

偉大なる聖人の遺体を包んだ布　あらゆる物理ダメージを20％カットする

---

あらゆる物理ダメージっていう表記からして、物理ダメージにも種類があって——刺突、斬撃、打撃、軽撃、重撃とか？　——それらすべてに効果があるという意味だろうか。

だとしたら、強い異常物質（アノマリー）なのでは。比較対象がないのでなんとも言えないが。

異常物質（アノマリー）のほかにはバカでかいクリスタルも拾った。

ムゲンハイールに入らないかと試したが、蓋が閉まらないので無理だった。

今まで指でつまめるサイズや、手のひらサイズ、大きくてもリンゴくらいだったのに、今回のボスドロップのクリスタルはスイカほどもある。

「修羅道さん、喜ぶかな」

俺はわくわくしながら、『アドルフェンの聖骸布』でクリスタルを包んで傷つけないように大事に抱えて、地上へと帰還した。

1

7階層から1階層まで戻ってくるかたわら、何人かの探索者たちとすれ違った。

「ゆ、指男、なにを持っているんだ……」

「これですか？　クリスタルですよ」

「っ、バカな、スイカほどもあるぞ⁉」

みんな驚いてるな。

「もしかして、資源ボスを見つけたのか？」

「資源ボス？　たしかにボスは倒しました。あれは、ボスでしたよ。間違いなく」

『ボス：無垢の番人』って書かれてたもんな。

クリスタルを抱っこしながら地上へ帰還した。

「もしかして、赤木さんが1人で？」

修羅道さんは目をまん丸にして「まあ！」と口元に細い指を当てた。かあいい。

「流石は噂の指男ですねっ！　ダンジョン財団の期待の新星さんです！」

「ありがとうございます」

「でも、1人で資源ボスに挑んだのは感心できません！　資源ボスは危険なモンスターなんです。無理をせず、複数のパーティで攻略に当たるべし、って財団の攻略ガイドラインでも推奨されているんですよ！」

「でも、僕にはこれがあるんで」

指を鳴らす。修羅道さんは「流石は選ばれし者ですね」と納得してくれた。

『ムゲンハイールver2・0』とクリスタルを提出する。

スキャナーは大きいので、スイカサイズのクリスタルだろうと余裕で入ってしまった。

---

【今日の査定】
小さなクリスタル　×　20　平均価格2，030円

クリスタル　×　17　平均価格５，１００円
大きなクリスタル　×　９　平均価格１３，２３９円
特別に大きな無垢のクリスタル　６，１００，３５９円
【合計】６，３４６，８１１円
【ダンジョン銀行口座残高】６，７２８，８３８円

---

バケモンがまぎれこんどる。なんじゃ、最後の数字はぁ。

「まさかまさかの無垢のクリスタルだったんですね！　このサイズなら６００万円以上の買取価格がついても納得です！」

６００万。６００万円だ。クラクラして来た。

俺はついに、やったのか、一攫千金を成し遂げたのか。

想像できないとまでは言わずとも、とんでもなく大きなお金だということがわかる。

「おめでとうございます。資源ボスは複数パーティでの攻略が基本となるので、赤木さんみたいに変なことしない限り、Ｃランク探索者がこれほどの報酬を１人で獲得することは普通ではありえないことですよ」

修羅道さんに褒められちゃった。嬉しいなあ。

査定が終わると、財団職員が２人がかりで慎重にクリスタルを運んでいった。――って、俺の『アドルフェンの聖骸布』まで持ってかれそうになってんだけど。

それただの包みじゃないから。ちゃんとしたボスドロップだから。

カッコいい名前の異常物質(アノマリー)だから。

「『アドルフェンの聖骸布』ですか。データベースにはないですね。これも未発見の迷宮の遺産に違いないです」

修羅道さんは嬉々(きき)として鑑定してくれた。

「全物理攻撃に対して20％のカット率ですか！」

「それすごいんですか？」

「クソつよ」

修羅道さんはムンッと真顔で言った。なんか口悪くなった。

「あ、ちょうど一般探索者の佐藤(さとう)さんがいますね。佐藤さーん」

いつもの酒飲み探索者だ。服のしたに着込めるダンジョン装備をつけているとのことなので、ダンジョン財団の購買で買える一般的な魔法鎧(よろい)を見せてもらった。

『魔法鎧　50式』

刺突系物理ダメージを7％カットする

「え、弱。刺突だけなのに7％しかカット率ないんですか……？」

「おい、指男、そんなこと言うなって。2ヶ月分の給料はたいて買った最新モデルだぞ。……ん、なんだそのボロっちい布は。アドルフェンの聖骸布だってぇ？　聞いたこともねえな。どうせしょうもない異常物質（アノマリー）なんじゃ……うえひゃっほー!?」

酒飲みの探索者のおかげで『アドルフェンの聖骸布』の強さがわかった。

大事にしよう。赤木家の家宝です。

「しかし、このままではコスプレですね」

「なんのコスプレです？」

「チベット修行僧」

「ああ、まあ、たしかに……」

「こちらで装備に加工しますか？」

「そんな事できるんですか」

「もちろんです。ダンジョン財団には、使いにくい異常物質（アノマリー）を加工して、ダンジョン装備として最適化するノウハウがありますから」

『アドルフェンの聖骸布』を渡して、ダンジョン銀行アプリから支払いを済ませる。

料金は2万円掛かるけど、背に腹は代えられまい。


---

【ダンジョン銀行口座残高】　6，708，838円

---

「ダンジョンカードとダンジョンペイを使って支払いした方がお得ですよ。連携でなんと常時4％ポイント還元です！」

ダンジョン財団、なんという充実した能力だ。サービスまで充実している。

しかも、ほかのカード会社を軒並み薙ぎ払っていくほどのポイント還元率じゃないか。

これまでラクチン銀行、ラクチンカード、ラクチンペイと、ラクチンずくめのラクチン派だったけど、これではダンジョン派への乗り換え不可避。

修羅道さんに優しく指導され、たまに手がぶつかったりして、ドキドキしながら、10分ほどで登録を済ませた。

気が付けば俺のスマホがダンジョン財団関連のアプリで埋め尽くされていた。知らぬ間にダンジョン経済圏に移動しているではないか。

修羅道さん、なんという策士。あまりに有能がすぎる。

――３時間後

金持ちになって気持ちよくなっていたというのに、奴に捕まってしまった。

俺がビアガーデンの片隅で怪物エナジーを嗜んでいたところへ、奴はひょこっと現れたのだ。そうだ。やつだ。例のドクターだ。

「『ムゲンハイールｖｅｒ２・０』はどうじゃ」

「あんまその顔見たくなかったんですけど」

「臭いものに蓋をし損ねたおぬしのミスじゃな。で、どうじゃ。わしの発明は」

「最高ですよ。故障もないですし。あ、それと、アイテムの進化機能、あれ凄いですね」

「進化機能じゃと⁉」

なんであんたが驚いてんだ。

「詳しく聞かせておくれ」

「進化機能っていうのはカクカクシカジカンで、異常物質が進化するんですよ」

「まさかわしの発明にそんな機能があったなんて！」

もう科学者やめちまえ。

「『ムゲンハイールｖｅｒ２・０』を調べたい、少しの間返しておくれ」

「仕方ないですね。あれ？」

『ムゲンハイールｖｅｒ２・０』へ視線を向けると黒い煙が出ていることに気づく。

なんだか嫌な予感。

「返します」

「っ、や、やっぱり今は返さなくていい！」

「いえいえ、遠慮なく」

「やめるんじゃっ！　確実に爆発する前兆じゃろうが！」

お互いに押し付けあっていると、まもなく『ムゲンハイールｖｅｒ２・０』は爆発した。

「ほんとうに期待を裏切らない、げほげほ」

「誉め言葉として受け取っておくとするかのう、ごぼ、ガはッ、うぼげッ！」

「俺よりダメージが深刻そうですね」

黒焦げになったドクターは、咳き込みながら、粉々になった作品をかき集める。

憐れなる『ムゲンハイールｖｅｒ２・０』……異常物質を進化させる素晴らしいダンジョン装備だったのに。

「可能性を感じる発明品でした。また頑張ってください、ドクター」

俺は背を向けて歩きだす。

「これを持っていけ！」

ぶん投げられるジュラルミンケース。

「……。あの、これは？」

「『ムゲンハイールver3・0』だ。試用して、実地データをとってきてくれ」

手際がいいのか悪いのか、わかんねえじいさんだ。

「これも進化機能搭載されてますか？」

「わからん！」

「……まぁ、そうでしょうね」

どんな効果であれ、無料でダンジョンバッグを貰えるので今回も使わせてもらおう。

「いつもありがとうございます、ドクター」

「なあに気にするんじゃあない。試作品の爆発に巻き込まれても心が痛まないのがおぬしなだけじゃから、頼んでいるだけなのでな」

「今すぐ息の根を止めてやろうか、くそじじい」

俺が拳をふりあげるとドクターはハッとして走り去ってしまった。

やれやれ感謝して損した。

そろそろ『アドルフェンの聖骸布』の加工が終わってる時間だと思い修羅道さんのもとへ戻った。

「ちょうどいいところに赤木さん。『アドルフェンの聖骸布』、立派なコートに仕立て直されましたよ」

修羅道さんが「はい、どうぞ」と差し出してくれる。さっきまで荒々しい布地だったのに、今では立派な焦茶布のトレンチコートとなっていた。仕事の速さにびっくりだ。

「温かいですよ、ふかふかです！」

「わあふかふか～」

「そうでしょう、そうでしょう♪　グレード3のふかふかです♪」

「ぐれーど3ですか？」

「ダンジョン財団の設定している異常物質（アノマリー）の指標のことですよ～」

---

グレード1　良質

グレード2　高級

グレード3　最高級

---

これは修羅道さんが教えてくれた異常物質（アノマリー）のグレードだ。

財団が作った人工装備、異常物質（アノマリー）、どちらにもこのグレードが使われているらしい。

「グレードがあがるほど異常性（アブノーマリティ）が高まることになります。異常性（アブノーマリティ）の高い異常物質（アノマリー）ほど常識から乖離（かいり）した特殊な効果をもっている可能性が高いです」

「グレードが高いほど強いってことですか？」

「あはは、すっごくお馬鹿な認識ですね！」

あっ、あっ、毒いきなり、効く効く。それすごい効いちゃうから。

「でも、その認識でも方向性はあっていますよ」

「そ、そうなんですね。よかった」

修羅道さんにいろいろと教えてもらった。

例えば人工装備。これは人の手によってつくりだされた異常物質（アノマリー）の模倣品だ。

神秘科学と呼ばれる、世間ではオカルトと一蹴される学問を、ダンジョン財団は古い時代より大真面目に研究してきた。その成果物こそが今日の人工装備なんだとか。

多くの探索者の主装備である魔法剣や魔法鎧、回復薬も人工装備に分類される。

「ちなみにこの『ムゲンハイールｖｅｒ３・０』のグレードは？」

「……悔しいですが、凄（すさ）まじい技術力ですので、グレード４はあると思いますよ」

「ぐ、グレード４？」

ドクターすげえな。カテゴリーエラーしてるじゃん。

ステータスは設定を変えると、装備のグレードも表示されるらしいので、修羅道さんに教わって設定を変えてみた。

---

赤木英雄【レベル】７１

【ＨＰ】３，９０３／３，９０３【ＭＰ】１００／７８０

【スキル】『フィンガースナップＬＶ３』『恐怖症候群』『一撃』

【装備品】『蒼い血ＬＶ２』Ｇ３『選ばれし者の証』Ｇ３『秘密の地図』Ｇ３『アドルフエンの聖骸布』Ｇ３『ムゲンハイールｖｅｒ３・０』Ｇ４

---

「流石は赤木さん、Ｃランクの探索者の平均はＧ３の装備をひとつ持っていれば贅沢だと言われているのに……これではブルジョワ探索者ですね！」

俺の装備、最高級でガチガチに固められてたのか。どうりで強いのばかりなわけだ。

こういうのってさ、レア度とか見えちゃうと全装備の質あげたくなっちゃうよね。

装備集めという新しい欲求に駆られながら、深夜の群馬県第一ホテルへと帰還した。

ところで修羅道さんいつもキャンプにいるよね。

ちゃんと寝てるのかな。すごく気になりました。まる。

## 2

早朝6時。俺は静かに目覚める。

枕元にデイリーミッションを発見。手に取って確かめる。

『日刊筋トレ：スクワット』

ほう、よかろうよかろう。全然よかろう。

確率とかカリバーより遥かによかろうよかろう。

――30分後
デイリーミッションを達成した。継続日数はこれで18日だ。

報酬は『先人の知恵C』×2であった。だんだんCのほうじゃ満足できなくなってきたけど、まあ、ありがたく使わせていただこう。

レベルアップの快感に背筋をピンと伸ばし、プルプルと震える。やはりこれだよ。これなのだよ。朝イチのレベルアップ気持ち良すぎだろっ！

ダンジョン銀行アプリを開く。

**【ダンジョン銀行口座残高】6，708，838円**

どうも、ブルジョワ探索者の赤木英雄です。ニヤニヤが昨夜から止まりません。総資産6，708，838円暫定。670万円ですよ。さて何しましょうか。牛丼いくらでも食べれますよ。マックも食べ放題です。駅前のトンカツ屋だって「1食で600円かぁ……」とか悩まずに食べちゃいますよ。喉が渇いたら、自動販売機で好きな飲み物買っちゃうよ。あれ？　これ670万円なくてもできるくね？

「……やはり、投資か、投資なのか？」

ついに始まる。俺の100万倍計画が。

投資のことよくわかんないけど、まあ、なんとかなるだろう。

しかし、矛盾に気づく。あれ？　大金が必要ないとわかったのに、なんで俺は100万倍計画を再始動しようとしているんだ？　これはホコタテ……矛盾――だ。

霧のなかにあった思考が我に返ってきた。お金があるからなんなのだ、と。

特にやりたいこともない。金が増えると嬉しいのに、肝心のお金は特に使い道がない。

いや、厳密にはあるのだが、大金を得てやるにはちょっとスケールが小さいというか、俺がスケール小さいせいか、スケールの小さい幸せで満足しちゃうと言うかさ。
奨学金を返そうかとも思ったけど、まだそういう時期じゃないしな。
悩んだ末、結局、愚妹に2，000円のお小遣いをあげて終わった。

赤木琴葉：「ありがとー♪」
赤木英雄：「よしよし、可愛いな」
赤木琴葉：「お兄ちゃん好き～！」
赤木英雄：「俺も大好きだぞ」
赤木琴葉：「はい。」
赤木英雄：「え、もう終わった？」
赤木琴葉：「うん。ここから先は課金」

本当にいつからこんなになってしまったのだろう。
お兄ちゃん扱いしてもらうのに有料だなんて。

赤木英雄：「お兄ちゃんつらい」

赤木琴葉：「とりまガンバ
　なんだかんだ
　お兄ちゃん要領いいから
　平気だと
　思うけど」
赤木英雄：「あれ。デレた？」
赤木琴葉：「だる
　スパチャして
　先にデレちゃった
　これじゃデレ損」

もう完全に俺のことお金くれる人としか思ってないですねぇ。

可愛いので1，000円だけペイで送ってあげました。

その後もない頭をつかって必死に考えた結果、実家の猫のためにカリカリーナ——高級爪研ぎ——を送ってあげた。まだまだ使い切らない。

お金は寝かせたら勿体無(もったいな)いと言う。だけど、俺はこれを100万倍にする気はない。

いや、厳密に言えば、どうしたらいいかわからない。俺、無知すぎでは？

よくよく考えれば、２００万円を１００万倍にして億万長者になろうなんて、めちゃくちゃ無謀なことだったんじゃない？

この資産をどうするべきか悩んだ末、俺は修羅道さんに相談することにした。

「赤木さん、待ってましたよ。そろそろ大金の扱い方に困って、わたしのところへ来る頃だと思っていました」

すべての行動を読まれている⁉

「そういう時は野生に帰りに行きましょう！」

「え？　野生ですか？」

「そう、野生です。ここがどこだかお忘れですか？」

「っ、ぐ、群馬……」

「ふっふっふ、その通りですよ、赤木さん。ではさっそく行きましょう」

わからない。修羅道さんがわからない。

いや、どこら辺がわからないとかじゃなくて、もう1から10までわからないよ。

群馬。そこは自然の神秘が生きる地。

だからきっと彼女は野生に帰りに行こうなどと言ったのだ。

キャンプの喧騒を抜けて歩道まで出て来た。俺は車道側へスッと移動する。

「流石は赤木さん。紳士なエスコートを心得ていますね」

「そういうのは言わないでいいんですよ。言及されると恥ずかしくなりますから」

ダンジョンキャンプから離れてしまえば、祭りに沸き立つ賑やかさは聞こえなくなる。

テクテクとふたりで横並びに歩く。たまに車が通りすぎるだけの静かな道。沈黙がいたたまれなくなり、チラと横を見やる。修羅道さんは一言も喋らず、まっすぐ前を見ている。

束ねられた燃えるような赤いポニーテールがゆらゆらと揺れている。

白肌にほのかに染まった頬。炎のごとく熱の宿る瞳と、シュッと細い顎のライン。

その横顔を見ていると、不思議となつかしい気分になった。

俺は以前にもこうして修羅道さんと並び立って歩いたことがあるような気さえした。大学で知らず知らずのうちに隣を歩いたのかな……？

心臓の律動が高まる。なんなのだ、この奇妙な感覚は。なにか決定的なことをド忘れしたような、心の痒（かゆ）みのような、ボタンひとつ掛け違ったナニカが喉奥まで出かかる。

「大自然のなかで悠然とキャンプをしたくないですか？」

修羅道さんは沈黙を破った。

「キャンプですか。それはまたいきなりですね」

弾丸特急的提案ではあるが、でも、悪くはない。こういうフットワークの軽さと自由さこそがフリーランスの売りだろう。

俺はもともと週5日の労働が嫌で、なんとか大金を得て自由にやれないかを模索し、このダンジョン探索者という職を選んだのだ。自由さこそ最大の特権というものだ。

「これから向かうのは赤城山（あかぎさん）キャンプ場です。赤木さんといっしょに行くにはふさわしい場所だと思ってます」

「赤木と赤城だからですか？」

「ふっふっふ」

修羅道さんはしたり顔で、半眼で見つめてくる。

いや、そんな面白かったかな……どうだろう。

「タクシーが来ましたね」

「偶然通りかかるなんて……」

「ここからタクシーで19分走り国道17号線に戻り、20分かけて前橋市内、そこから市バスに乗り換えて40分ほどでキャンプ場に到着です」

「やたら詳しいですね」

「え？」

「さっき思い付いたとは思えないプランだなって思って……」

「そんなことはありませんよ！ これくらい財団受付嬢には朝飯前です！」

「もしかして少し前から計画していました……？」

「わたしが赤木さんとキャンプに行く予定を秘密裏に立てて、ひとり楽しみにしていたとでも言いたいんですか⁉ 赤木さんのくせに生意気です！」

修羅道さんは、怒り心頭とばかりにキリッと睨んでくる。

ですよね。そんなことありえない。

非常に手際のよい修羅道さんの手腕で俺たちはあれよあれよという間に、前橋市内へとやってきた。

「コープみやぎでお肉と野菜を買い出しです！ 所要時間は15分といったところでしょうか！ 次のバスまでの時間を考慮すれば25分までなら延長可能ですが、さほど時間を使う場面でもないでしょう！」

「やっぱり結構下調べしてませんか？」

「してないって言っているじゃないですか！　まさか前々から入念にキャンププランを練り、今日という日を楽しみにわくわくして眠れない夜を過ごしたとでも言いたいんですか⁉　赤木さんのくせに生意気です！」

修羅道さんは頬を赤く染め、カーッと威嚇して憤怒の意を示してくる。

そうだよね。そんなのありえない。こんな可愛くて有能で意味不明な美少女が、俺ごときのために下調べをしてキャンププランを練っているなど……俺は己惚れすぎだな。

ふたりでコープみやぎに足を踏み入れ、お肉を品定めしていく。

「やはりキャンプといえばカルビです！　とりあえずは3，000gからはじめましょう！」

インフレに置いて行かれた気分だ。腹ペコさま恐るべしと言ったところか。

食材選びは修羅道さん主導で進められ、山のように肉を買いこんだ。

「ムゲンハイールを持って来て正解でした」

「わあ、流石は赤木さん、頼りになります」

食材を調達した俺たちは市営バスに乗りこんだ。キャンプ場への直行便だ。

バス車内には学生や家族連れの姿があり、みんなキャンプを前に浮かれていた。

修羅道さんとふたりで椅子に腰かける。

タクシーの時は気にならなかったが、バスの座席になると席幅がせまくて、隣人との距離が近くなる。

修羅道さんが窓の方を向くたびポニーテールがぺしっと俺の首裏を叩いて来ている。

やばい。別になんということもないのに鼓動がはやくなってきた。

体温もあがってきている。俺はダメなのだ。女子の髪は所詮は毛の束にすぎないのだろうが、なんというか意識するとてつもなく背徳感を駆きたてられるのだ。てか良い匂い。

「修羅道さん？　尻尾が暴れてますよ」

「え？　ああ、すみません。ご迷惑を」

「き、気を付けてくれればいいですよ……」

いい匂いがした。

「あの時も本当はこうして走るはずだったのかもしれません」

「？　なんのことですか？」

赤い瞳がこちらを見つめて来る。

憂いを宿した視線だ。どこか物悲しく、でも優しい。

「いえ、なんでもないです。……尻尾アタック！」

ぐわんっと首がまわり、赤いポニーテールが横薙ぎに俺の鼻先を攻撃する。

「いでッ⁉　いきなり何するんですか⁉」

「キーゼルバッハ部位破壊、グリフィンドールに50点です！」

修羅道さんはニコニコ楽しそう。彼女がたまに理解不能なのはいつものこと。

なので気にしても仕方ない。

しかし、さっきの憂いの眼差しはいったい？

4

グリフィンドールに３００点くらい稼がれた頃、バスは赤城山キャンプ場に到着した。

ただいま12月。冬キャンプなのに意外と人がいるんだなぁっと思いながら、駐車場からほど近い管理棟へ移動する。

「予約されていた修羅道さまですね。当キャンプ場の説明をさせていただきます」

「修羅道さん、やっぱり下調べ……」

「しっ、説明はちゃんと聞かないといけません」

管理員さんの説明を聞き、キャンプ場のほうへ移動する。

赤城山キャンプ場では広い疎林の中で自由にテントを設置し、キャンプを楽しめるのが売りになっている。ってさっき管理員さんに説明された。

疎林の中、適当にスペースを確保してキャンプにのぞむスタイルだ。

俺たちも陣地を確保して楽しもうか――その段階になって気が付いた。

「食材は買いましたけど、器具がなくないですか」

修羅道さんも荷物を持っている様子はない。

「あっ」

「……やっぱり、思い付きでキャンプに行くなんて無理があったんですよ。もっとはやくに気づくべきでした」

「遅いですね。予定ならもう到着しているはずなんですが」

修羅道さんは腕時計を見て「むむむ」と険しい顔をしている。

あたかも本当ならキャンプ用具も準備出来てたんですけどね、と言いたげだ。

たぶんだが普通にミスっているだけだ。彼女のような有能さんにもミスはある。

「修羅道さん、ここは素直に管理棟に行きましょう」

「絶対に行きません。ちゃんと準備しているんですから、下調べは完璧なんです！」

「管理棟に行けばＢＢＱセットも貸してくれるんですよ？」

「行かないと言ったら行きません！」

むうっとして頑なに計画性の正当性を主張してくる。

「なあに、おふたりさん喧嘩ですかい～？」

「キャンプ道具が無いなら、俺たちといっしょにどう～？」

さっきバスにいた大学生たちがやってきた。車内にいた時から、修羅道さんが美貌のせいで目を引いているとは思ったが……お前らよくキャンプ場で知らない人を誘えるな。その勇気を俺にすこしでも分けてくれよ。

ってか、こいつら酒入って出来上がってるな。やばいぞ、面倒いぞ。

「君さすっごく可愛いよねえ、俺たちのグループ女の子いなくてさぁ」

強い。圧倒的陽の者だ。可愛いと思った。ただそれだけの理由で話せるなんて天才かよ。クラスとかにいたらお調子者キャラで、真のイケメンの脇を固めていること間違いない。

「ええっと、そのわたしは……」

「ねえ、いいでしょ？　みんなで楽しんだほうがいい思い出になるって～」

正反対の人種。社会のなかで輝きを放つコミュニケーションの権化。

俺のような日陰者では塵にされ吹き飛ばされてしまいそうだ。

それ以前に酒の入った大学生が2人っていうのが恐い。

しかし、シャドーウォーカーの意地を舐めてもらっては困る。

ノリの悪さなら負けるつもりはない。

「俺の彼女に手をだすんじゃあ——」

「あっ、赤木さんは下がっててくれますか?」

「え、ちょ」

修羅道さんは俺の胸を押して制止してくる。おかしいな、俺のかっこいい場面が……。

「今は忙しいのです。あなたたちの相手をしている時間すら惜しい。言葉にしなければ理解できませんか、酒酔い盛り猿さん」

「なっ、酒酔い盛り猿……⁉」

「せっかく人が親切で言ってやってるのに……‼」

「果たしてそうでしょうか。あなた方の視線と言葉と行動は、親切心よりも下心のほうが目立ちますよ。就活までには能力の低さを隠せるようになっているといいですね」

言って修羅道さんは笑顔をつくる。おそろしい。滅多打ちだ。

場が静まりかえる。空気が凍り付いている。大学生たちは今にも逆上しそうだ。

と、その時、けたたましい駆動音とともに俺たちの頭上に黒い影がやってきた。

呆気に取られて皆が空を見上げる。ヘリだ。黒いヘリが頭上でホバリングしている。

ヘリから黒いコンテナが投下され、大学生と俺たちのあいだにズドーンっと落ちる。

「思ったより遅かったですね」

「修羅道さん、これは……？」

「当然、輸送キャンプセットです！　常識では？」

「どこの世界線ですか」

大学生たちもやばい人を見る目で「も、もう行こうぜ」とそそくさと退散していく。うーん正解。関わらない方がいいよ。

こうしてトラブルの気配は穏便に解決された。

俺たちは跳び箱ほどのコンテナを開封し、用具一式を取りだし、テントを張り、コンロを設置、炭を入れて、指パッチンで火をつけて、肉を並べて焼きはじめた。

並行して水で野菜を洗い、カットしてく。なお水もミネラルウォーターがコンテナのなかに同梱されていた。財団コンテナ最強。財団コンテナ最強。

「包丁を使う時は食材をネコの手でおさえて切るんですよ。にゃー」

猫の手をジャスチャーする修羅道さんがあまりにも可愛いのは有名な話。

「こうですか、にゅあー」

「いいえ違います、こうです、にゃー！」

「つまりこういう事ですか、にゃあー」

「いいえ、違います、こうっ、にゃー‼」

「結果こうじゃないですか、にゃあー」

「何度言ったらそのミニマムサイズの脳は理解するんですか！　ニャー‼」

「ぐへえッ！」

俺の理解力がなさすぎて、毒吐き猫パンチで殴られる。

ちなみにクソ痛い。ダンジョンチワワに殴られた時より100倍痛かった。

5

スパルタ修行を受けながら野菜をカットし終え、お肉と野菜をいい感じに焼き、恐ろしいながらも楽しい食事はいったんの幕を下ろした。

結構早い時間からはじまった冬キャンプも、すでにお昼を過ぎて、俺と修羅道さんは洗い物を集めて調理場で後片付けをはじめた。

黙々と皿を洗い続ける修羅道さん。俺は皿を受け取り、タオルで拭く。

「さっきは守ろうとしてくれたんですよね」

いきなり言われた。守ろうとした？　何のことだろう。

「酔った学生たちを追い返そうとしてくれたじゃないですか」

「あー……いや、でもなにも活躍できませんでしたけどね。あいつらだって修羅道さんを恐がって、そうそうに引き下がったんですし」

「失礼な。どこに恐がる要素があったんですか！」

「すべてでは？　すべてが恐かったのですが？」

「そうですかそうですか、赤木さんはとっても恐がりなフレンズなんですね」

ねえこれ俺が間違ってるのかな。

「赤木さんは勇敢です」

修羅道さんは優しい目をしていた。秘めたるものがありげな表情だ。

ミステリーの塊のようなその横顔には、やっぱりどこか見覚えがある。

「……修羅道さん」

「どうしました？」

「さっきから思ってたんですけど」

まるでありえないことだ。俺と彼女が過去に出会ったことがあるなど。

でも、なぜだろう。訊かなくてはいけない気がした。問わなくてはならない気がした。

「俺と修羅道さんってどこかで会いました?」

「もちろん会っているに決まっているじゃないですか。同じキャンパスにいたんですから」

「そうじゃなくて……もっと前に」

「どういう意味ですか?」

「なんというか、いえ、本当に何の根拠もないんですけど、もしかしたら何年か前、あるいはもっと以前に会ったような気がして」

修羅道さんはこちらを向いて目を丸くした。洗い物の手を止めて。

「ふっふっふ、赤木さん」

「?」

「そんな訳ないじゃないですか。頭、沸いちゃいました?」

「悪口の攻撃力高すぎません? どこで強化したんですか?」

まったく馬鹿なことを訊いた。

俺が修羅道さんと会っている訳がないというのに。

これほどに印象的な人を忘れるはずがない。

6

修羅道はゆっくりと深呼吸をする。

思わず取り乱してしまうところであった。

古い忘れられた記憶が燻(くすぶ)っている。彼のどこかにまだあの少女がいる。

ゆえに彼女は悟った。赤木英雄にはかつて過ごした時間の残滓(ざんし)があると。

そっと目を閉じる。財団受付嬢の明晰(めいせき)な頭脳は想定外にもごく冷静に対処する。

修羅道は自身のこめかみを指差し、クルクルしながらジトッとした眼差(まなざ)しを向けた。

「ふっふっふ、赤木さん。そんな訳ないじゃないですか。頭、沸いちゃいました？」

7

弾丸特急で気まぐれ冬キャンプも、すでにほとんどのイベントをやり尽くした。

火起こしもしたし、料理もした、食事もしたし、洗い物もした。

テントも張ったし、もうやることないんじゃないか？

「修羅道さん、このあとはどうしますか？　テントでトランプでもやります？」

「普通に帰りますよ？」

「……え？」

「だってお仕事抜け出してきちゃいましたからね。赤木さんだって今日はダンジョンに潜る予定だったのでは？」

「そうですけど、テントも張りましたし……」

「テント張るの楽しかったですね！　では片付けましょうか！」

あーもう無茶苦茶すぎるこの人。

修羅道さんのスケジュールの狂いぶりを超える者はいない。

俺は終始納得せず「テント張ったのに……テント張ったのになぁ……」と悶々（もんもん）としながら、自らの手でテントを片付けることになった。

「では、ダンジョンキャンプに帰りましょうか」

「帰るって言っても今からバス乗ってタクシーじゃ向こうに着くのは夜ですよ」

言いながら不貞腐（ふてくさ）れていると、騒音とともにヘリが再び頭上へやってきた。

「あのコを使えば4分でダンジョンキャンプに戻れます！」

だめだ、これ以上されると脳がバグっちゃいそうだ、やめて、なにこれ、どこからどこまで不毛だったのか教えて！

そんな手軽にヘリをチャーターできるなら、ここまでの道程はなんだったのよ。

「赤木さん、タクシーに乗って、いっしょにお買い物して、バスに揺られるの楽しかったですね」

修羅道さんは口元をほころばせ、眩しいほどの笑みを浮かべていた。

朗らかなかあいい表情を前にすると、全細胞に素早く尊さが浸透し抵抗できなくなる。

無敵の笑顔だった。だから俺は――

「……楽しかったです」

ぼそっとつぶやいて、気が付けば頰を緩めていた。

たぶん、くたびれた笑みを浮かべていたと思う。

「まっすぐ向かえば４分で帰宅できますが、実はもうひとつ寄れる場所があったりします」

「寄れる場所ですか。それはいったい」

「近くに天然温泉がありまして。先日、下調べに来た時に偶然見つけたのですが」

「ん？　いま下調べって……」

「赤木さん、また疑っているんですね⁉　とりあえず生意気です！　赤木さんなんて黙って温泉に連行されていればいいんです！　尻尾アタック！」

ヘリは近くの秘湯へ飛んだ。なんだかんだ温泉が一番群馬の野性を感じた。

8

赤城山の温泉旅館からダンジョンキャンプに帰ってきた。所要時間は3分だ。

時刻はまだ昼の15時を回ったところ。白昼夢のような時間だった。

「どうでしたか。群馬の野性は感じていただけましたか？」

「群馬感はなかったような……あれ、なんで俺たちキャンプに行ったんでしたっけ」

「赤木さんがブルジョワになってお金の使い道に困っているというのが理由ですよ」

「いや、所持金減ってないんですが。ポケットに入ってた現金1万円しか使えてないです」

「困りましたね。赤木さんの資産は670万円。赤城山にあと670回は行かなければ」

「赤城山換算⁉」

もっと別の使い道もあるような気はするが。

「ふふ、冗談ですよ。真面目な話をしましょうか」

「そう言って真面目な話をする人じゃないことは流石にわかりますよ、修羅道さん」

「大きなお金が余ってしまった？　そういう時はダンジョン証券とダンジョンウォレットの出番です！」

「あれ、真面目な話はじまった？」

そこからは敏腕財団職員修羅道さんの独壇場であった。

俺は修羅道さんにコロッコロと転がされて、証券口座を開設し、仮想通貨ダンジョンコインに金に、債券に、いろいろわからん物を買い、資産配分することになった。なお、資産配分が何かはわかっていない。勉強しようと思う。

「大丈夫ですよ、赤木さんのお世話はぜーんぶわたしがやってあげます」

もし仮に修羅道さんに裏切られたらもう仕方ない。

その時は諦めよう。全部あげるしかない。

まさかここまで鮮やかに財布の紐握られるなんて。

いっそ修羅道さんに飼われよっかな。あれ、名案じゃない？

---

【ダンジョン銀行口座残高】６，７０８，８３８円

←マイナス600万円

【ダンジョン銀行口座残高】708,838円

600万円は修羅道さんに任せた。

【修羅道運用】6,000,000円

「600万円はわたしが大事に育てます。赤木さんでは到底扱えない金額だと思いますので」

毒ぅ、効くぅ、無能扱いされてるの癖になりそうぉ……。

「赤木さんみたいなズボラな人はちゃんとお財布の紐を管理できるしっかり者のパートナーが必要ですね。例えば――」

「指男、良いところにいた！　こっちへ！」

修羅道さんの声を遮って、財団職員が駆け寄って来た。最後の方よく聞こえなかったけど、にへらって可愛(かわい)らしく笑っていらっしゃるので、そんな大事な話でもないだろう。

「修羅道さん、それじゃあ、またあとで」

別れを告げ、財団職員へ向き直る。

「なにかあったんですか。そんなに慌てて」

「ダンジョンウェーブがはじまったと、監視員から報告があったんだ！」

「ダンジョンウェーブ？」

職員は説明してくれた。

ダンジョンウェーブ。ダンジョンからモンスターが溢れて来てしまう現象のこと。ダンジョンの異常現象で、波のようにモンスターが押し寄せるさまから名付けられた。

ダンジョンモンスターは通常人類では抗えないため、1匹でも外へ逃げ出すと、ダンジョンブレイク宣言が発令され、町が機能停止に追い込まれるとか。なんかやばい話だ。

「ダンジョンウェーブは本当に危険な現象なんだ。今、動ける探索者を集めてる最中だが、地上に残っている探索者がすくない！　みんな、もう潜ってしまっていて！」

ダンジョンの入り口までやってきた。元からあったバリケードに、さらに増強するカタチで、自衛隊の装甲車が並べられている。装甲車陳列の外側をダンジョン財団職員、警察に自衛隊といかめしい者たち総出で固め、探索者たちが陳列の内側にいる。

そんな、やばいのですかね、ダンジョンウェーブ。

ろくな説明も受けないまま「絶対にモンスターを外に出してはダメですから」と釘を刺されて、バリケードの内側へ行くよう言われる。ダンジョン因子を持つ探索者たちだけが、バリケードの内側で迎え撃つようだ。

ふと、警察官やら自衛官の方々の視線が集まっていることに気が付く。

「っ、指男だ」

「本物だ」

「20日でCランクにあがった鬼才……」

「やつに近づいたら消し炭にされるって噂だ」

「平凡な顔して、イカつい奴だな」

俺からしたらあんたたちの方がよっぽど物騒よ。よっぽど。

バリケードの奥でいつもの酒飲み探索者たちを見つけた。

ダンジョンウェーブについて俺は知識ゼロなので彼らに説明を聞こうと思う。

「最後に別れた妻に会っておくんだった……」

「5年ぶりのダンジョンウェーブだ……へへ、大丈夫さ、遺産相続は済ませてあるんだ」

みんなここで死ぬ覚悟のようだ。

「ッ、き、来たぞ！」

誰かが言った。集まる視線。ダンジョンの奥から、地を鳴らす音と振動とともに、大量のチワワたちが一斉にせまってきた。

サイズから推測するに、1階層〜9階層のモンスターたちがごちゃ混ぜになっている。

数が多い。30〜40体……いや、その奥からもどんどん来てる。

「ダンジョンウェーブってどうして起こるんですかね」

「そんなことどうでも良いだろう！　今は生きて帰ることだけ考えるんだよッ！」

めっちゃ怒られた。訊いただけなのに。

「行くぞ！　絶対に外へ出すなッ！」

はじめに遠距離攻撃ができる探索者たちが、一斉にスキルを放ちはじめた。

火の玉、石の礫、水の刃、砲丸、投げナイフ、ビリヤードの玉、ボウリング、和弓の矢、煙、銃弾などなど——実に多彩な遠距離攻撃が繰りだされる。

スキルは探索者の経験や技能が昇華した異能力だ。

俺は指パッチンだったけど、ほかの探索者たちは以前の職業だったり、学生時代の部活だったり、趣味だったり——身につけてきた能力がスキルとして昇華しているんだ。

「弾けろ！　『ボンバーボウル』！」

高速回転するボウリングがアスファルト焦がし突き進む。

しかし、チワワは鼻先で弾いていなすと獰猛にボウラーへ反撃していく。

チワワに組み伏せられる成人男性。構図的にはシュールなものがある。

「くっ！　俺の『ボンバーボウル』では4階層のモンスターは厳しいかッ！」

「どけ！　ここは俺がやる！」

出てきたのは強化系スキルを持っているらしい探索者。魔法剣を手に、地を風のように駆けてモンスターをぶった斬り。おお。すご——

「うぁあああああ⁉」

チワワを斬ったと思ったら、魔法剣を噛み砕かれて、逆に首を噛み切られそうになっている。瞬きした間に何があった。放っておいたら死体を見る。急いで助けよう。

——パチンッ
砕け散り、燃え尽きるチワワ。アーメン。

「はぁ、はぁ、はぁッ！　た、助かった、指男……ッ！」

「剣を失くしたのなら下がっていいですよ。あとはやりますから」

俺はジュラルミンケースを彼へ預け、両手を自由にし——指を鳴らした。

ＨＰ30ＡＴＫ６００。

これだけあれば８階層のチワワは即死、９階層のチワワでもほとんど瀕死だ。

パチン、パチン。軽やかな音が響き渡った。

大爆発がダンジョンの入り口を襲う。まとめて数十匹のモンスターが灰燼(かいじん)と帰した。

「なんて破壊力……っ」

「だ、誰のスキルだッ!?」

「ッ、ゆ、指男だ！　指男が動いたぞ！」

「巻き込まれるぞッ！　離れろッ！」

「下がれ下がれーッ！」

威力をATK600に固定して、モンスターの群れをまとめて吹き飛ばしていく。

探索者たちは後ろへ下がっていく。範囲攻撃とは言え、生き残ったモンスターたちは出てきてしまう。なので、取りこぼした細かいのは他の探索者の方々にさばいてもらう。

分業体制が自然と出来上がっていった。

視界の横にステータスウィンドウを開いて置いておきながら、HPが200減ったら左手で左太ももに『蒼(あお)い血LV2』を打ち、無理をせず安全に戦っていく。

ピコン……ピコン……ピコン……ピコン！

定期的に聞こえるレベルアップ音。いいな。めっちゃレベルがあがる。

殲滅(せんめつ)範囲攻撃を続けること10分。

ようやくダンジョンウェーブの勢いが落ちてきた。

今や数匹のチワワがチラホラ出てくるだけとなっている。

流石にATK600だとHPがもったいないと思い、威力を下げて、あとは雑に刻んで倒していく。そろそろ、終わりかな。——そう思った瞬間、何かが視界を横切った。

「指男ォォオ！　避けろォォオッ！」

誰かの叫び声。身を捻って、大きく上体をそらす。

身体があった場所を鋭い爪が空振りする。

見やればデカいチワワがいた。ゴールデンレトリバーくらいはある。

「あれは11階層、12階層、いやそれ以上の階層からあがって来たんだッ！」

「まずい、流石の指男もまだCランク、格上だッ！　逃げろ、危険すぎる！」

「ガルルゥ！」

バク宙返りで、チワワレトリバーから距離をとる。

突っ込んでくるチワワレトリバー。

ATK600で顔面を爆破する。それでも、ひるまずに噛みついてくる。

相変わらずスーパーアーマーは持っているみたいだ。

俺はヤクザキックでチワワの顔を蹴り、押し返して、ふたたび距離を取った。

後ろへと下がりながら指パッチンを刻む。

1回、2回、3回――

死なない。全然死ぬ気配がない。

「ガルルゥッ！」

「カリバー」

42回、43回、44回、45回、46回、47回、48回――

少しずつチワワレトリバーの動きが鈍くなって来た。

なおも秒間4回の連続『フィンガースナップLV3』を叩きこむ。

結果、合計でATK2，120、HP106分を叩き込んで、ようやくチワワレトリバーは力尽きた。

「106かぁ……流石に硬いな」

暗算しながら、ちょっと熱った指をプルプルと振る。これを何匹も相手にするとなると、HPの減りが早そうだ。

「やばいだろ……なんだよ、あれ」

「これが上位15%、Cランクと俺たちの差……」

「俺、探索者引退しよっかな」

まわりの皆が引きつった眼差(まなざ)しを俺へ送って来ていることに気が付いた。

居心地が悪くなり「ケース返してください」とちょっと上擦った声で魔法剣使いの探索者からひったくるようにダンジョンバッグを取り返し、俺は人混みのなかへ逃げこんだ。

たくさんの視線に晒(さら)されるのは慣れていない。

9

ダンジョンウェーブによってダンジョンが封印されてしまった。つまり、ダンジョン自体に入れなくなってしまった。数日で封印は解除されるとのことだ。

俺は怪物エナジーを片手に、串焼きを頬張り、プライムビデオで時間を潰していた。

ふと影が視界の隅をかすめた。ワイヤレスイヤホンをひょいっと外されてしまう。

誰だ、このブルジョワ探索者・赤木英雄さまのイヤホンを取る不届きな輩(やから)は――と、内弁慶でイキリながら、イヤホン泥棒の顔を見上げる。

「こんなところにいたんですね、赤木さん」

「あ、修羅道さん」

思わずたちあがる。修羅道さんは「いえいえ、お構いなく！」と、俺の向かいの席に座って、俺の串焼きを奪ってモグモグ食べはじめた。修羅道さんのほうがお構いなしですね。

「ダンジョンウェーブの後処理がひと段落したので、報酬をお渡ししに来ました」

「ダンジョンウェーブって報酬出るんですか」

「もちろんです。参加した探索者の皆さんに報酬は出ますよ」

ドロップした全クリスタルを完全に分配することは困難なため、貢献度に応じて、一定額を分配する方式だそうだ。

今回の俺の取り分は全体から見て、かなり大きな割合を占めると言う。

ダンジョン銀行の口座を見る。


---

【ダンジョンウェーブ報酬】1，205，000円

---

120万だと。すごい。めっちゃもらえる。ありえない稼ぎだ。

銀行残高と合わせるとこうなる。


---

【ダンジョン銀行口座残高】1，913，838円

---

「こんなハイソサエティな額の報酬もらって良いんですか？」

「もちろんです。実際は、この額でも少ないくらいですよ。赤木さんは本当によく戦ってくれましたから、えらいです！」

修羅道さんは「えらいえらい、えらい！」と俺の手をさすさすさす撫でて来る。

すべすべしてて、柔らかくて、ちっちゃくて、可愛くて。

なんでしょう、こんな幸せ、女の人に触られるのすごく楽しいです（※童貞）

「3日くらいダンジョン突入は禁止になると思います。というか、物理的に入れないですけどね。指パッチンで突破しようとか、無茶なことしちゃだめですよ」

「しませんよ、流石に。あ、そういえば、訊きたいことが」

「なんですか？」

「ダンジョンウェーブってなんで起こるんです？　さっきからそれが気になって」

「海外の学術誌が言うには、ダンジョンの攻略が迫ると、後続を断つという意味で、ダンジョンが内包するモンスターを外界へ放出するんだとか」

「それじゃあ、最前線の探索者たちがダンジョンボスの部屋を見つけたんですかね？」

「その可能性が高いと思います。ここのダンジョンも終わりが近いですよ。経験上あと1週間で攻略完了といったところですかね」

「ダンジョン終わるんですね……意外と早い」

「これでも長い方です。今回のダンジョンは大物ですから」

修羅道さんはそう言って「では、失礼しますね、仕事に戻らなくては！」と対策本部テントへ戻っていく。まだまだ忙しいらしい。

「ここにいても仕方ない、か」

しばらく、ダンジョンには入れない。


翌朝。

デイリーミッションがいつもの通りベッド横のサイドテーブルに届いていた。

---

【デイリーミッション】毎日コツコツ頑張ろうっ！
『日刊筋トレ：スクワット2』スクワット　0／1，000
【継続日数】18日目　【コツコツランク】シルバー　倍率2・5倍

---

最近はプライベートで筋トレしているので、筋トレ系のデイリーは本当にありがたい。ただ筋トレメニューをこなすだけで、デイリーミッションまでクリアできるので、無駄がないのだ。探索者はやっぱり体力よね。

【デイリーミッション】　毎日コツコツ頑張ろうっ！
『日刊筋トレ：スクワット2』　スクワット　1，000／1，000
本日のデイリーミッション達成っ！
【報酬】『先人の知恵B』×2　『スキル栄養剤』
【継続日数】19日目　【コツコツランク】ゴールド　倍率5・0倍

あヅヅ‼　来たァァ‼　皆さん！　来てしまいました！

よく見てください‼　ゴールド会員です‼

本当にありがとうございました‼　ついに来てしまいましたかぁ‼

それでは、経験値5・0倍になってしまったわたくしブルジョワ探索者にしてゴールド会員の赤木英雄が、僭越ながら古本とエナジードリンクを使わせていただきます。てか、エナジードリンクの報酬は久しぶりだな。

ピコン！

（スキルレベルがアップしました）

『フィンガースナップLV4』
指を鳴らしてあらゆる困難を砕く　生命エネルギーを攻撃に転用する
【転換レート】ATK100：HP1
【解放条件】ワンスナップ・ワンキルで200，000キル達成（または、短い期間に同条件で5，000キル達成）

神。ゴールド会員とこれだけで今日満足です。

ええと、なになに、HP1でATK100出るの？　はい、神。SSGSS。

もう無敵だわ。負ける気がしない。これ100階層までイケるっしょ。

試し撃ちしたい。とはいえATK100の発火攻撃はシャレにならないので、いくら未開の土地・群馬だろうと、モラルのある模範人間な俺は乱射などしない。

シャワーで汗を流し、ベッドに身を投げる。

「もうやることなくなった……」

実家にいれば、がっつりPS5に精を出すのだろうが、出先なので禁じられた機械で暇潰しもできない。

俺は、どっしり構えてゲームを嗜むタイプの紳士なので、モバイル版のゲームはあんまり興味がないのである。ゴロゴロして、アニメを見ながらゆっくり過ごすかぁっと思っていると、ふと、エメラルドのブローチが目に入った。

ああ、そういえば、CランクなったのにSNSに投稿してなかった。

エメラルドのブローチを撮ってアップする。

添える一言は「全探索者に告ぐ俺がダンジョン界を獲るから道を空けろ」。

ってやるかい。何度同じミスするんだよ。修羅道さんに死ぬほどいじられるわ。

ここは慎ましく「まずはひとつ」くらいにしておこう。

一攫千金を狙う俺にとって、エメラルドのブローチは通過点に過ぎないということを示す静かながら大志を感じさせる良いフレーズだと思う。

さっそく、Cランク昇格の投稿に『いいね！』がついた。この人、いつも俺の投稿に『いいね！』をつけてくれる人だ。名前はエージェントG。

いったい何者なのだろうか。あ、コメントが送られてきた。

エージェントG：「快楽主義者」

これは、もしや、俺がCランクにあがって浮かれていることを痛烈に批判してるのか？

いやぁ～／／／／　恥ずかしい、恥ずかしすぎる！

もうだめだ、開き直らないと、自我を保てん！

エージェントG：「快楽主義者」
　指男：「何か問題でも？」

うわっ、文面だけ見たら怒ってるリプライみたいになっちゃったよ。

恥ずいし、逆ギレする変な人みたいになっちゃったし、もういいや、投稿ごと消そう。

またひとつ黒歴史を塗り重ね、ベッド上で悶絶（もんぜつ）する。余計なことしなきゃよかった。

『フィンガースナップＬＶ４』分のプラスがこれで収支ゼロになっちゃったよ。

「調子が出ないな」

指の背でコインをくるくる回し、アニメを見ていると、ふと、車の広告が流れてきた。

なんとなく、車とか買ってみようかなという気分になる（単純）

ホテルを出て、ふら～っとダンジョンキャンプへやってきた。道路脇に停（と）められた黒塗りの高級車が目に入る。

あの車、カッコいい。高級車を持っていたら、修羅道さんをどこかへ連れまわせるだろうか。いや、連れまわしてどうすんだ。

夜景見る趣味もないし、ドライブに憧れてもいない。

なんなら、家が一番好きだった系の俺なのに。

まずい、自分を見失っている。大金を持ったことで可能の幅が広がったせいだろうか。

黒塗りの高級車から視線を外し、キャンプのなかへ。

ダンジョンウェーブが起きた昨日の今日なので、まだダンジョンは封鎖されたままだ。

「あっ、指男だ……」

「指男……さま……」

「ダンジョンに選ばれし探索者……」

ざわめきが聞こえる。

「赤木さん！　ちょうどいいところに来ましたね！　こっちへ！　ささ！」

査定所の受付で修羅道さんが手招きをしていた。

とっても可愛いので、すたこらさっさーっと寄っていく。

「どうしました？」

「朗報です、どうやら、昨日のダンジョンウェーブで赤木さんが活躍したことが本部の耳に届いたらしく、今朝方、本部エージェントがこんなものを」

「こ、これは！」

渡されたのは黒い箱。高級感あふれるその箱には見覚えがある。

開ける。ブローチが入っている。シンプルながら、装飾の細かい彫りに目を惹かれる。

推定2カラットの青の宝石が、深海の底から注がれる神秘の色彩をたたえている。

「Bランクのダンジョンブローチ……？」

「きっと、本部の方が偶然にキャンプに来ていて、ダンジョンウェーブでの一幕を見ていたのでしょうね。ここから先は真のプロフェッショナルの領域、探索者のなかでも、上位2％だけがたどり着ける境地です。おめでとうございます！」

俺はエメラルドのブローチを返還する。代わりにサファイアのブローチを着けた。

『選ばれし者の証』の漆黒の装飾の隣で静かに青は映える。

ここから先は上位2％の世界。真のプロフェッショナルだけに許された領域か。

指パッチンも進化したし。ゴールド会員になったたし。Bランクになったたし。

今日は絶好調じゃないか。

これでもっと深くに行ける。新しい階層に行くのが楽しみだ。

# 10

その日、1人の少女が群馬ダンジョンへやってきていた。

少女は歩くだけで通り過ぎる者の目をよく惹いた。

絹のように白い髪。色気の宿る褐色の肌。豊かにふくらんだ双丘。

酒も飲めない年齢のはずなのに、誰もが求めて羨む、垂涎（すいぜん）ものの美貌を誇っていた。

黒スーツに黒いネクタイをビシッと締めて、暗黒のコートを羽織っているため、いくばくかそのエロティックな部分は隠されている。

せいぜいシャツがはち切れんばかりに張ってるだけだ。実に巨大だ。

彼女の姓は畜生道（ちくしょうどう）。下の名前はあまり有名じゃない。

感情のまるで宿っていないような顔でキャンプを行く。集まる視線などお構いなしだ。

「まさか、本部エージェントの方がこちらへいらっしゃるとは！」

群馬クラス3ダンジョン対策本部にいた財団職員は、畜生道の胸に着けられたブローチを見て、ハッとして、背筋を伸ばした。

豊かな胸に乗せられた黒金属のブローチ。

そこには6つの紫色の宝石の輝き——アメジストが宿っていた。

アメジストの数に応じて、エージェントの階級があがるというのは、職員たちの間では有名な話であり、こと6つは最高位エージェントであることの証であった。

初めて見るアメジスト6つの輝きに、対策本部に緊張が走る。

「あたしは昨日、ここでダンジョンウェーブを見たんだよ。指男、凄かったよね。あれはCランクの戦い方じゃない。だからこれ。……修羅道がいるでしょう。彼女に渡してね」

「は、はい！　たしかに受けとりました！」

畜生道は無感情に言って、任務を終えるとすぐに帰途についた。

途中、キャンプの中へ入っていく指男とすれ違う。

立ち止まり振り返る。

(強い因子を感じる。特別なダンジョン因子。彼は抜きんでた天才だね)

畜生道は「あれは行くところまで行っちゃうね」とボソっとこぼす。

「っ、あの車は」

道路脇に停められた黒塗りの高級車を見つけ、畜生道は声を高ぶらせた。

無感情の美少女という雰囲気だった彼女は、タッタッタッと走り寄り、黒いスモークガラスを嬉しそうにノックした。運転席の窓がビーッとスライドして降りていく。

表情に乏しいくせに、澄ましてるだけで、やたらカッコよくなってしまう顔の良い少女
——餓鬼道がひょこっと顔を出した。

サングラスを外し、青い瞳を畜生道へ向けて「なにか用?」と眉根を寄せる。

(餓鬼道お姉さまと、こんなところで会えるなんて。餓鬼道お姉さまはクールで計算高く、計略に優れた一流のなかの一流エージェント。世界を股にかける財団の最終兵器。同じアメジスト6つでも、餓鬼道お姉さまほど優れたエージェントはいない。あぁ、見てる、あたしが何も言わないから、どんどん不機嫌になっていく。だけど、それもカッコいい。好き好き好き。クール。知的、カッコいい)

IQを3くらいまで下げながら畜生道はハァハァと呼吸を荒くする。

ただの限界オタクであった。無感情ながらに表情は嬉しさで慌ただしい。

「あの、餓鬼道お姉さま……お仕事、順調ですか……?」

もじもじとする畜生道。敬愛する餓鬼道のために役に立ちたい気持ちは、いつも言葉にならず空回りしてしまう。

「私には時間がない。なぜなら」

餓鬼道は『私にはあなたと話をしている時間がない。なぜならこの後、指男の情報提供者と会うことになってるから』と言ったつもりであった。

いつもの悪い癖で言葉が抜け落ちてしまう。

しかし、同じエリートエージェントの畜生道は敬愛するお方の言葉の裏を読み解く。

(『私には時間がない。なぜなら……』つまり、餓鬼道お姉さまはあまりにも多忙なため、あたしの助力を受け入れてくれるということ? 流石は餓鬼道お姉さま、あたしの言葉の裏をいともたやすく読み解いて、あたしのことをわかってくれたんだね)

餓鬼道は得意げに鼻を鳴らし、畜生道へ「乗りなよ」と、首を軽く振って合図する。

(エージェントC。もじもじしてる。つまり、それはトイレに行きたいと言うこと。FBI時代に鍛えたプロファイリングに読み解けないものはない)

餓鬼道の冴え渡る推理は、今日も絶好調だ。

ウキウキ、ワクワクな畜生道。

走り出した黒塗りの高級車はやがて、近くの公園に止まった。

ごく自然と降りる畜生道。走り去る黒塗りの高級車。

「え?」

畜生道は唖然として、遠ざかる車を見送る。

「トイレ……なぜ餓鬼道お姉さまはトイレにあたしを置いて……。まさか、WC!」

(エージェント訓練生時代。科目に教官からの厳しい評価が下されることがあった。その

時、ＷＣ――つまり、ダブルＣ評価以下は不合格で、居残りをさせられた）

「餓鬼道お姉さま……あたしの助力など必要ない、つまりそう言うこと。流石ですね、あたしの思惑を看破したうえで、ここまで厳しい評価ＣＣを下されるとは……指男に関する調査は、あたしのような未熟者には早かった、と、そう言いたいと。わかりました、ここは大人しく帰ります」

最も優れたエージェントの１人として、財団からも高く評価されている畜生道であるが、餓鬼道が関わると彼女の優秀な能力は迷走してしまうのだ。

その夜、本部に帰った畜生道はエージェント室へ報告した。

「指男にサファイアブローチを渡して来たよ」

エージェントマスターは畜生道の報告を受けて「ふむ」とうなずく。

「して、指男はどうだった。エメラルドブローチを届けさせたエージェントは、好青年、というありふれた印象しか語らない。餓鬼道くんからあがってくる報告とは、いささか齟齬があるんだ。わざわざ君を送り込んだわけだが……畜生道くん、君はどう思った」

「ダンジョン因子が強いことは確かだよね。白は堅いかもね」

「それほどまでに強力なのか……ほかには？」

「ほかには――あたしには何も語ることはできないよ」

「え？」

「餓鬼道お姉さまはあたしを遠ざけた。恐ろしいと噂(うわさ)される指男から遠ざけたんだ。つまり、そこには現場にいるスーパーエリートエージェントのお姉さまだけがわかる高度な駆け引きがあるということ」

「君ほどのエージェントまでを遠ざけるか、エージェントG」

　エージェントマスターは一考する。

　このまま餓鬼道1人にすべてを背負わせていいものだろうか、と。

　報告書であがってくる指男像は、異常者、冷酷な殺人鬼。そんな評価が妥当だ。

「だが、あの餓鬼道くんが言うのならそうなのだろうな。指男。計り知れない男だ。やはり、この大仕事に餓鬼道くんを派遣して正解だったようだ。私のような才能のない無駄に年だけを喰(く)ったエージェント崩れでは、とても指男の本質を見抜けなかっただろう。ご苦労、畜生道くん、この一件は最後まで彼女に任せるとしよう」

　エージェントマスターは思う。

（エージェントG、エージェントマスターの私でさえ、底知れない少女だ。多くを語らない。冷めた表情。沈黙のなかに答えを散りばめる。語るまでもなく、すべてを見透かしているとでも言いたげだ。あれは彼女の冴え渡る知性と、非効率を嫌う徹底的に論理的な性格からくるものだろう。財団は彼女こそ至高のエージェントと満票で評価している。現場にいるのは彼女だ。彼女の判断こそ絶対の信頼を置くに値する）
エージェントマスターは独自の経路で入手した指男の内偵ファイルを閲覧する。
「指男……その爽やかな笑顔の裏でなにを考えている」
エージェントGと似た底知れないものを感じた。ぶるりと背中を冷たいものが走った。

---

一方その頃、群馬某所のホテルで眠りについていた赤木英雄は――

ピコン！

「うぉ、びっくりした……あれ？　またレベルが勝手にあがった？」

レベルアップの音で目が覚めていた。

赤木英雄【レベル】80（9レベルUP）
【HP】6，386／6，386【MP】1，016／1，016
【スキル】『フィンガースナップLV4』『恐怖症候群LV2』『一撃』
【装備品】『蒼い血LV2』G3『選ばれし者の証』G3『秘密の地図』G3『アドルフエンの聖骸布』G3『ムゲンハイールver3・0』G4

「おかしいな……なんでだろ。経験値の判定バグってるのかな」

渦巻く嵐の中心が穏やかなように、成長し勢力を増していく恐怖症候群のことなど、この時の赤木英雄にはまるで想像もできない事だった。

そして、寝てる間にスキルレベルがアップしたせいで『恐怖症候群ＬＶ２』がステータスに加わっていることにも気が付かなかった。

---

『恐怖症候群ＬＶ２』
恐怖の伝染を楽しむ者の証　他者の恐怖を経験値として獲得できる
ＬＶ２では獲得経験値に２・０倍の補正がかかる
【解放条件】　10人に重たい恐怖症を伝染させる

---

「ふぁ～、寝よう」

考えてもわからないことは仕方がない。

赤木英雄はウィンドウを閉じ、すやーっと深い眠りに落ちた。

# 第四章　白い凶鳥

――3日後

ダンジョンウェーブによる封印が解除されると同時に、たくさんの探索者がダンジョンを飛び出してきた。

総勢100名以上。ダンジョンウェーブによって一時的なダンジョン封鎖が起こった際に、内側に取り残されていた者たちだ。待機していた自衛隊が、衰弱した探索者たちへ手を貸し、動けなくなった者は担架で運んでいた。

俺はドクターと共に少し離れたところでその様子を眺めていた。

「ダンジョンウェーブでは毎回、ああやって大量の探索者が閉じ込められるんじゃ」

「閉じ込められたら大変ですね。4日は封鎖されてたじゃないですか。どうやって生き延びたんですか？　みんな食べ物持って行ってたんですかね」

「封鎖された時のマニュアルとしては、最前線の攻略隊がすぐさま引き返してくることになっておる。ほかの探索者たちも同様、皆、ダンジョン1階の入り口まで戻ってくる。探索者の数が多ければ、その中には食糧生産系のスキルを持つ者もいるんじゃよ。さらには、調理系スキル、ソフトドリンク系スキルとかもな」

「なんでもありですね」

「見ろ、クレイジーキッチンの『歩くファミリーレストラン』のお出ましじゃ」

「歩くファミリーレストラン？」

「いわゆる日本が世界に誇る三大Aランク探索者というやつじゃな」

言われて見やると、屈強な肉体を誇る白いコック帽を被った男たちがダンジョンから出てきていた。濃いダンディフェイス、塩顔イケメン、金髪爽やか系の三拍子が揃っていて、誰を見ても顔の良い男しかいない。なんやあれ。

「右から『フライドポテト』田中、『メロンソーダ』浅倉、『ハンバーグ』後藤じゃ」

「ふざけてるんですか？」

「真面目じゃて。そういう異名なんじゃから仕方ないじゃろう。おぬしだって『指男』赤木なんじゃぞ」

そう言われると俺もふざけてる気がしてきた。

「それにしても、Aランク探索者ですか。すごい貫禄ですね」

「あそこはもう別次元じゃな」

「B級とA級ってどれくらい遠いですか？」

「そこには越えられない壁があると思っていいじゃろうな。ははは、まあ、指男よ、そう生き急ぐんじゃないわい。おぬしは強い。そのことは認めよう。じゃがな、あそこの探索者たちは別の段階にいる。ダンジョンの深淵（しんえん）へ踏み込む権利を与えられることとは、すなわちすべての階層への侵攻を許され、異次元の文明と最前線で戦い、押さえ、押し切る、そういうミッションを背負うことなんじゃ」

Aランクになると、全階層を解放されるのか。ぜひともたどり着きたいものだな。

去っていく歩くファミリーレストランを見送りながら、そんなことを思った。

1

歩くファミリーレストランは偉大なる探索者である。

3人は幼馴染で共に同じ師匠に師事し、厳しい鍛錬を積んだことで、そこに掛け替えのない絆（きずな）を生んだチームである。

一流シェフであり、Aランク探索者でもある3人は地上の皆の歓声に迎えられていた。

ダンジョンに閉じ込められた多くの探索者の命を救った救世主として、そして、従来どおり単純に顔が良いイケメンシェフとして、皆が彼らに心酔していた。

一旦の休息を取ろうと、３人は足早にホテルへ帰ろうとする。

その時、一流のなかの一流ハンバーグ後藤が振り返った。

フライドポテト田中と、メロンソーダ浅倉も何事かと続いて振り返る。

「すべての道はハンバーグに通じる」

「……どうした後藤」

「いつもの悪いクセだぜ。放っておけよ。ポテトが冷める訳でもあるまい」

「指男。やつは只者じゃない。高圧でよくこねられてる。あれはいいハンバーグになる」

「……どういう意味だ後藤」

「揚がってるって話だぜ、５回目の使い回し油みたいにクセが強い言葉選びだが」

「……お前が言うな田中」

「そうカリカリするな。揚げたて15分後のフライドポテトみたいに緩くいこうぜ」

一番の常識人メロンソーダ浅倉は、何言ってるのかわからない幼馴染2人の会話に馴染めずにいた。

「だが、Aランクハンバーグと B ランクハンバーグのひき肉には大きな差がある。やつがこの先どれほど己をこねあげることができるか、それともここでチキンステーキに逃げるか。すべてはやつ次第だ」

「……チキンステーキは逃げなのか後藤」

ハンバーグ後藤は、指男から視線を外し、背を向けてキャンプを出る。

その瞬間、キャンプ外で待っていた歩くファミリーレストランクラスタの女子校生たちが、ダッと3人を囲んだ。

イケメン、シェフ、筋肉、探索者、Aランク。

今日のダンジョンSNSのトレンドは決まったも同然だ。

2

ダンジョンが解放されるまでのこの3日間は大人しくデイリーをこなしていた。

デイリーの内訳は『確率の時間　コイン』と『バリー・ボッター』『確率の時間　コイン』の嫌な3点セットだった。本当に辛(つら)かった。

試練を乗り越えたので、気兼ねなく、ダンジョンへ挑もうと思う。

ちょこっとレベルもあがった。

赤木英雄【レベル】81　（1レベルUP）

【ＨＰ】６，５６０／６，５６０【ＭＰ】１，０８０／１，０８０
【スキル】『フィンガースナップＬＶ４』『恐怖症候群ＬＶ２』『一撃』
【装備品】『蒼い血ＬＶ２』Ｇ３『選ばれし者の証』Ｇ３『秘密の地図』Ｇ３
『アドルフェンの聖骸布』Ｇ３『ムゲンハイールｖｅｒ３・０』Ｇ４

---

81までやってきた。絶好調だ。

ゴールド会員の５・０倍ボーナスの力を使えば１００レベルも夢じゃない。

たまになぜかレベルアップする音が聞こえることもある。なんなのかは未だによくわかっていないけど、レベルアップしているなら悪いことであるはずがない。

「『ムゲンハイールｖｅｒ３・０』の謎の解明、よろしく頼むぞ、指男」

ドクターに見送られて、俺はダンジョンへ足を踏み入れた。

さっそく『秘密の地図』を開いて狩場をＳＮＳへアップする。

おお。アップした直後から反応を貰えるようになった。サラリーマンが多い。経済の動向を通勤時チェックしている尋常な精神で入社している探索者にとっては、指男の狩場コーナーはなかなかに好評だ。

資源ボスまた見つけちゃったりして、とか淡い期待をしながら、９階層まで降りて来た。

俺はもうBランク探索者。いざ、10階層へ降りてみようじゃないか。

「10階層、到着。ここが新天地か」

『秘密の地図』を開いて、狩場へ向かえば、すぐにモンスターを発見できた。

小柄なチワワレトリバーだ。ダンジョンウェーブで倒したチワワレトリバーがいかほどの強さだったのかは知らないが、これまでの法則から言って小さいほうが弱いはずだ。

なので、９階層一撃圏内の『フィンガースナップLV４』でATK６００の炎で焼いた。

爆炎がチワワを包む。

しかし、流石は10階層チワワ。難なく炎を切り抜けて、牙を剥いてくる。

ここ最近のチワワは強靭度があがってきている。

スーパーアーマーをつかってごり押ししてくる脳筋チワワばかりだ。

だが、俺の指パッチンは遠距離攻撃だ。

スーパーアーマーも敵ではない。

刻み、刻み、刻み――

結果、HP10消費、合計ATK１，０００で倒せた。

９０１～９９９のHPということになる。

流石に硬くなって来た。ただ……いや、まだわからない。HPを確認してみようか。

『【HP】6，550/6，560』

うん……はっきり言おう。余裕しかない。負ける気がしない。HP6，000だよ？

たぶん、ダンジョンウェーブとゴールド会員で強くなりすぎてしまったんだ。

なにより『フィンガースナップLV4』の火力が高すぎる。いや、まじ強すぎだってこの指パッチン。下方修正されないよね？　次のアプデが恐い。

敵の強さの上昇率が跳ね上がって来てるのも事実っちゃ事実だ。

余裕しかないけど、ここは焦らず、10階層から詰めて行こうと思う。

ランニング狩場ルーティンを1日まわして、今日もいい汗をかいて帰途につく。

ちなみにほとんど消耗はない。

やろうと思えば徹夜できるが、徹夜し続けていると「こんなに頑張ってるんだから昇級してくれるよね⁉」みたいな圧力を修羅道さんにかけてるみたいで申し訳なくなる。

残業して頑張ってるアピールするのに通じるものがある。

俺はそういう日本人の悪い風習はマネしない。

だから就活もしない。これも悪い風習なのでね。

俺が労働をしないのも風習を断つためだよ。労働は悪い風習だからね。

「やあ、指男」

「ドクターがまた湧いてきた……」

「今日も1日中潜っていたのか。流石のスタミナじゃな」

「若いのでね」

「ほほ、羨ましいのう。ところで、わしの偉大なる発明『ムゲンハイールver3・0』は順調かのう？」

「クリスタルが取り出せないこともなく、爆発することもなく、ちゃんとダンジョンバッグとしての使命を全うしてますよ」

「ふむふむ。して、進化機能は？」

「まだ試してません。ドクターのためにとっておきました」

「おお、すばらしいぞ、持つべきものは指男じゃのう！」

俺とドクターはキャンプの隅っこで、極秘実験をすることにした。

まわりから「変人どうし気が合うのかな」「うわ、あの変態じじいと指男仲いいんだ」「しっ！　見ちゃダメ！」とか不名誉なささやきが聞こえる。

「……やめようかのう。これまでどおり、わし1人で実験を続けるとしよう」

「ドクター」

去ろうとするドクターを呼び止める。

「あなたは俺の友人だ。手伝わせてください」

「指男、ぉ……っ」

うるうるした瞳を向けて来るドクター。

「では、さっそく実験開始じゃ！」

『秘密の地図』をバッグに入れる。

なかには概算で30万円前後のクリスタルが入っている。クリスタルの山を見るだけで、合計額を計算できるようになったので、だいたい合ってるはずだ。

バッグを開けると、クリスタルの大部分が消失していた。地図もなくなっていた。

想定外の事態に俺とドクターは顔を見合わせた。

ジュラルミンケースのなかにはポツンと黒いサングラスが鎮座していた。

俺とドクターの間に微妙な空気が流れる。

「ドクター……俺の地図は……？」

「まだ焦るような時間ではないぞ」

「それは加害者側が使う言葉じゃないんです」

ちいさくため息をつく。ほろりと涙がこぼれる。

「俺の地図、なくなっちゃった……」

「がっかりするのは早いぞ、指男！　見よ、この異常物質（アノマリー）を！」

「アイテム名『迷宮の攻略家』……？」

サングラスをかけてみる。何も起こらない。

ドクターが「ダンジョン内じゃないと効果を発揮しないタイプかもしれん」と言うので、1階層に入ってみることにした。

黒いレンズに立体的な地図が現れた。これは……3Dマップというやつだ。

階層全体を示している。狩場の場所もわかる。機能は『秘密の地図』と似ている。

もしや進化した結果、アイテム名や形状まで変わった……ということだろうか。

---

『迷宮の攻略家』
冒険において宝の獲得ほど心躍る瞬間はない
モンスターの頻出地域がわかる　また迷宮に眠る財宝の位置を暴（あば）く

---

間違いない。これは『秘密の地図』から進化——いや、変化した異常物質（アノマリー）だ。

性質が若干変わっているが上位互換といえる範疇（はんちゅう）だろう。

欠点があるとすれば、ＳＮＳにて今日の狩場を更新する際に、スマホで撮影しづらくなってしまったことだが――

「なんか出た」

モダン――耳にかける部分――からレンズ横へかけてテンプルを指でシュッと撫でると、黒いレンズの中にしか存在しなかった立体マップが、目の前の空間に投影された。

まじか。シェアもできるじゃん。ていうか、とんでもないハイテクだ。

気になるグレードは――あぁー‼　G4になってる‼

『秘密の地図』G3からちゃんと成長してるじゃないか！　えらいえらい！

「なるほどのう。G4の『ムゲンハイールver3・0』で強化すると、同じくG4の『迷宮の攻略家』を獲得できた、とな。ふむ」

「何かわかりましたか、ドクター」

「まだ確かなことは言えんのう。わしは科学者じゃ。曖昧な段階での断言はせん」

そんなまともな科学者ぶられても……反応に困っちゃうよ。

「見たところ『ムゲンハイールver3・0』は安定しておるようじゃ。一旦わしが回収する。明日もどうせダンジョンに来るのじゃろう？　朝になったら、また取りに来るといいじゃろう。そしたら、引き続きの試用をよろしく頼むぞ」

「徹夜するんですか？」

「え？　おぬしせんのか？　わし実は2徹目じゃけど？　え？　おぬし、ゼロ徹？　あ、そうかぁ。ざこぉ」

いきなり大学生並みに活きがよくなったな、このじじい。

「怪物エナジーがあれば3徹まで余裕じゃよ」

徹夜マウント・ドクターは『ムゲンハイールver3・0』を回収して行ってしまった。

俺はホテルに帰る前に、ダンジョンに戻り、このサングラス『迷宮の攻略家』をちょっとだけ試用することにした。

1階層の入り口の近く、なにやら見慣れない記号があった。

記号の示す座標に近寄ってみると、ダンジョンの岩肌の物陰にちいさな石の小箱のようなものが置いてあった。

「宝箱か？」

開いてみると、青白い粒が俺の身体のなかへ入ってきた。

経験値だろう。箱の中身はクリスタルだ。

なるほど。迷宮に眠る財宝とは宝箱のことなのか。ちょっとした経験値とクリスタル。

もしかして、異常物質(アノマリー)が入っていることもあるのだろうか。

ほう、いいじゃないか。こういうので良いんだよ、こういうので。

いやね、俺も迷宮にやってきて、日がな1日チワワを火葬するのはどうかと最近少し疑問を感じてたところだったんだよ。

宝箱とかわくわくしちゃうよ。俄然、探索が楽しみになった。

というか、このクリスタル、1階層のクリスタルにしてはデカい。

これ1個で1階層を1日歩きまわるのと同等の成果に相当しそうだ。

ボーナス（宝箱）を回収していったらさらなる収穫を期待できそうだ。

「流石は宝箱。見つけて楽しい、開けて嬉しいというわけだな」

『迷宮の攻略家』の仕様変更を完全に理解した。

本日の収穫をホクホクした気持ちで抱えて、今日のところは切り上げる。

「おかえりなさい、赤木さん。おや？　それは宝箱じゃないですか！　スモールサイズの宝箱でも滅多に見つからないと言われているのに、流石は愛され探索者さんですね！」

「この箱ちょっと可愛いですよね。持って帰ってインテリアにしてもいいですか？」

「ダメですよっ！　なにを馬鹿なこと言ってるんですか、赤木さんは！　特殊部隊に部屋を荒らされたいんですか！」

すっげえ笑顔で脅された。宝箱は持って帰っちゃだめ。ぜったい。

【今日の査定】
クリスタル　　　×５　平均価格５，３１２円
大きなクリスタル　×３　平均価格１１，９３３円
小さな宝箱　　　×１　　価格２０，０００円
【合計】８２，３６１円
【ダンジョン銀行口座残高】１，９９６，１９９円
【修羅道運用】６，０００，９６３円
【総資産】７，９９７，１６２円

俺の宝箱が容赦なく査定マシンに値段をつけられる。

箱も絶対に買い取られるタイプなのね……発掘品だから理解はできるけど寂しいな。

「今日も１日お疲れ様でした！　また明日も頑張ってくださいね！」

「修羅道さん、【修羅道運用】で預けたお金が少し増えてるみたいなんですけど」

「資産運用とはそういうものですよ。そんなことも知らないんですか！」

イタタ、痛い、それは効く。ごめんなさい無知蒙昧(もうまい)で、そんな笑顔で罵ってこないで。

みてくださいね」

「放っておいても勝手に成長していくことが期待できますから、気が向いた時に確認して

「へえ、なにもしなくても増えてくれるなんて超お得ですね」

資産運用がすごいのか、修羅道さんの采配が優れてるのかは判断できないところだが。

「ところで赤木さん、そのサングラス……」

まずい。なんだかわからないけど、すごく俺が傷つくことを言われる気がする。

「とても似合ってますね、かっこいいですよ」

修羅道さんは頰を指でかきながらチラと流し目で言ってくる。

嬉しい。絶対に「クソダサいですね！」とか毒吐かれる流れだったから。

修羅道さんのファッションチェックを越えたのは大きい。

頰が緩んでしまう、えへへ。いっひひ。ォッホホ。ニチャチャ……キメえな、俺って。

「でも、夜道をサングラスかけて歩くのは危険なのでちゃんと外さないとダメですよ。外さない悪い子は……えいっ！　こうしちゃいます！」

修羅道さんはサングラスをひょいっと取って、たたむと、俺のコートの胸ポケットに入れて来た。可愛い、すごい。良い匂い。なにこれすごい。

「おい、後ろ詰まってんぞ！」

「はやくしろよー！」

「誰だ窓口でちんたらしてるトーシロはよ！」

「おい、ばか、やめろ、指男の番だぞ！」

「指男さまだろうが、口をつつしめ！」

後ろで長蛇の列をつくった探索者たちが騒がしくなって来た。

この時間帯は査定ラッシュなので仕方がない。

「それじゃあ、また明日」

「はい、また明日、おやすみなさい、赤木さん」

静かな足取りでキャンプを出て、喧騒から夜の闇へ。

我慢できずにスキップが溢れだす。

「ブチ、えらいぞ～、よーしよしよし、また磨いてやるからなぁ」

冬キャンプは楽しかったし、ファッションチェックは越えられたし、今日はたくさん修羅道さんと距離を縮められた。今夜は気持ちよく寝れそうだ。

## 3

指男の朝は早い。

朝起き、ベッドのサイドテーブルに置いてあるブチ――『選ばれし者の証』――を上質なクロスで磨いてやり、次にサファイアのブローチを磨く。

ホテルの隣の部屋から物音が聞こえる。お隣さんも朝早いらしい。

ちょっとした同族意識を持ちながら、毎朝の習慣コイントス100回×3セット、指パッチン100回×3セット、自重での筋トレ王道3種目を行う。

シャワーを浴びて、ポカポカになり、頭を拭きながら、今日1日が良いものとなるか、悪いものとなるかを決める運命のデイリーミッションを手に取る。

---

【デイリーミッション】毎日コツコツ頑張ろうっ！

『鋼のメンタル　パワー』道ゆく者を「パワー！」で呼び止める　0／100

【継続日数】22日目【コツコツランク】ゴールド　倍率5・0倍

---

俺は察する。まずい系が来た――と。お願いだから色物を送りつけてこないで欲しい。

頼むから毎朝「ほう、いいじゃないか、こういうのでいいんだよ、こういうので」と無難なデイリーに舌鼓を打たせて欲しい。

嘆いても始まらない。初めてやる種のデイリーミッションかつ、色物系ということは、想像を絶する試練となる可能性がある。

「道ゆく者をパワーで呼び止める、か、力ずくで止めろってことか」

いつも通りブローチを着けて、『アドルフェンの聖骸布』を羽織る。

修羅道さんに似合ってると言われたサングラスもかけてしまおうか。

部屋を出る。すると時を同じくして隣人も部屋を出てきた。

廊下でタイミング悪くバッティングだ。

なんか気まずいなーと思いながら、ダンジョン財団の関係者や探索者かもしれないので、何も話さないわけにもいかず、挨拶くらいはしようと思い口を開く。

隣人は大人びた印象の女性だった。ただ俺よりは年下な気がする。

黒のロングコート。サングラス。黒いスーツに黒ネクタイ。ほとんどマトリックス。

それだけで格好の説明はこと足りる。顔立ちが端整なので、可愛らしいというよりは、美しい……あるいはイケメンという類いに当てはまるのだろうか。

「おはよう」

「おはようございます」

挨拶したら、かなり気さくな感じで返された。

向こうから二の句が出てこない。沈黙が辺りを支配する。

「あの……」

「……」

なにこの空気。って、おや？　この人、手に車の鍵を持ってるぞ。

このキー。知っている。あれだ、この前、停まっていたやつだ。あの後、調べたんだ。

政治家とか皇族が乗ってるって言う高級車だ。……え？　この子の車？　何者……？

「……そのキー、センチュリーですよね。すごく高い車ですよね。最近、ちょっと車のこと調べてて……」

「……」

「カッコいいですよね……クラシックな古き良き外観というか……その、ね」

なんで無視され続けているのだろう……悪い事したかな？

少女は黙したままこくりとうなずいた。

反応された、ってカウントしていいのか。

「サングラス、いいね」

少女はそれだけ言って、しばらく俺の顔を観察するように見つめ、横を通り抜けて行ってしまった。

『サングラス……いいね……』一体どういう意味だ……もしかして、カッコいいってこと……？　いや、どう考えても、それ以外に考えられない。

ファッションアイテムとして通用するのはミュージシャンとSPとキアヌ・リーブスくらいだと思っていたが、まさかここまで好評を得るとは。

あの女の子、とても感じが良い。気さくに他人のファッションを褒めるって結構ハードル高いのにな。

内心とっても気分よくホテルを出る。

さてデイリーミッションに取りかかろう。

おや、さっそく道ゆく通行人を発見。

群馬の地でこうも簡単に村人を発見できるとは幸運だ。

パワーで道ゆく人を止める、だったか。

「あ……」

声をかけようとしたが、無理だった。キャンプと違い、せかせかと歩く他人に話しかける難易度が高すぎる。「面倒くさいな」って嫌な顔されたらそれで死ねる。シャドーウォーカーは儚い生き物なのだ。

しかもパワーで止めろだと？　面倒な他人を通り越して不審者、否、さらに通り越して通報モノではないか。

確実にゴールド会員を殺すためにあるようなデイリーだ。

「あのっ！　すみません、ちょっといいですか！」

「ひえ!?　な、なんですか？」

なんとか1人、力ずくで止めた。

「なんでもないです」

道ゆく者はとても危ない人を見る目を残しながら去っていった。

これで満足かデイリーくん。

『道ゆく者を「パワー！」で呼び止める　0／100』

なんでカウントされないんだ？

ウィンドウを開いたまま固まる。その時、俺は察してしまった。

「パワー！」で呼び止めるって……まさか……。

背後から1人の女性が歩いてくる。俺は勢いよく振り返り――

「パワー‼」

叫んだ。

「うわぁあ⁉」

「……え？　あ、あの……え？　え？（困惑）」

「……（真顔）」

デイリー進捗状況『道ゆく者を「パワー！」で呼び止める　1／100』。

パワーで呼び止めるってそういうことか。

「パワー‼」と、叫んで呼び止めろと。

神よ。それはあまりにも残酷ではありませんか。

禁じられた筋肉がどうして群馬にあるんだよ。

「え？　あ、え？　あの、なんですか……？」

「なんでもないです（真顔）。ヤー‼」

俺は女性の横を通り過ぎた。

とてもじゃないがその場で顔を合わせ続ける勇気はなかった。

いいだろう、デイリー。もう覚悟はできた。

やってやるよ。パワー‼

4

エージェントの朝は早い。

暗い時間から目覚め、逆立ち腕立て伏せ100回を3セット、懸垂100回を3セットこなし、軽く滲んだ汗をタオルでぬぐう。

シャワーを浴び、曇って濡れた鏡に映る自分と向きあう。

冷徹な青い宝石の眼差しが、己を見つめ返して来ていた。

表情に乏しく、昔から口下手だった。オーラを纏っているせいか、いるだけで空気を緊張させてしまい、みんなを畏まらせてしまい、親しい友もできやしない。

餓鬼道にあるのは任務だけだ。最高のエージェントという期待に応え続ける。

それが彼女のこれまでのすべてであり、これからのすべてである。

シャワーを止め、濡れた髪を乾かす。ふと、隣から物音が聞こえて来た。

パチパチパチパチパチパチパチ――ピンッ、クルクルクルクル――

(なんの音だろう)

謎の音だが、隣人が起きていることには違いない。

早朝を制する者は人生を制する。朝を勝ち取る者どうし、ちょっとした同族意識を持ちながら、餓鬼道は身支度を整えて、黒いネクタイをビシッと締め、最後にサングラスを手に取ると、優しく添えるようにかけた。

先月、祖父から譲り受けたセンチュリーのキーを手に取り、ご機嫌に指でくるくる回しながら部屋を出る。

すると、お隣さん――赤木英雄も同時に部屋を出たらしく、ちょうどバッティングしてしまった。

「おはようございます」

「おはよう」

いきなり話しかけられると黙ることが多い彼女だが、今回は上手く挨拶を返せた。

餓鬼道本人は鼻を鳴らしてご機嫌な無表情だ。

「？　あの……」

困惑する赤木英雄。彼をまっすぐに見つめる餓鬼道。この少女に挨拶を返す以上のコミュニケーション能力を求めてはいけないことを、赤木英雄は知らない。

「そのキー、センチュリーですよね。すごく高い車ですよね。最近、ちょっと車のこと調べてて……」

赤木英雄がひねりだした話題。

餓鬼道は面食らっていた。

隣人が赤木英雄だったからではない。

彼のかけているサングラスが、彼女の趣味にビターんっとハマっていたからだ。

（カッコいい）

「サングラス、いいね」

餓鬼道の明晰な灰色の脳細胞が新しい推理を展開する。

（いいサングラスをしている人に凡人はいない。この人は只者じゃない。Mr．サングラスと覚えていよう）

餓鬼道は冴えわたる推理能力ですべてを理解し、納得顔になると赤木英雄の横を通りすぎて行った。

（今日も指男の周辺情報収集がんばる）

餓鬼道のポリシーは徹底的に対象の周辺情報を洗うことだ。

能力には恵まれている。やり方もセオリー通りだ。

しかし、ひとつだけ残念なのはたまに空回りしてしまうことだ。

肝心の対象の個人情報やら顔やら……普通のエージェントならそこら辺から攻めていくが、スーパーエリートエージェントの餓鬼道は、さらに外側の周辺情報を攻めてしまう。

ゆえに本日までエージェントGは指男の顔すら見たことがなかった。

想像を絶するポンコツと罵倒することなかれ。彼女はスーパーエリートエージェント。

つまりは、おポンコツ様なのである。

愛車に乗り込み、餓鬼道は今日もクールに捜査へ乗りだす。

1日の捜査結果、指男が駅前で道ゆく者を奇声で呼び止めていた、という情報を得た。

（指男……一体なにを企んでいるのだろう。パワーっと叫び、人々を困惑させるなんて、ただの変態としか思えない。だけど、あの指男のこと、なにか理由があるはず）

「まさか！　――power　指男は　power と言っていた？」

珍しく真実にたどり着く餓鬼道。

しかし、スーパーエリートエージェントはまだ頭を悩ませる。

「power じゃまるで意味不明……もっと深い意味が……っ、まさか！　――power？（力が欲しいか？）と言っていた？」

（指男は道ゆく者たちに邪悪な力との契約を持ちかけていた……！）

餓鬼道は衝撃の事実に勘づき、急いで報告書をつくりエージェント室へ。

報告を受けたエージェントマスターは再び頭を抱えることになった。

エージェントの1日の活動は報告書だけでは終わらない。

餓鬼道の正義の心は『指男の噂』という名のスレッドをネット掲示板に立てさせた。

餓鬼道としては、指男の情報収集と、指男について警鐘を鳴らすための、水面下での工作活動のつもりである。

彼女は知らない。このスレッドのせいで、増幅された指男のイメージは少しずつ、着実に、電子の世界に広がりつつあることを。

それらの噂により、伝播する恐怖の指男像が、またしても何も知らない赤木英雄のもとへ、大きなエネルギーとなって集まっていることを。

「指男、一体なにを考えているの」

お前が何を考えている、と言いたいだろう。だが許すのだ。

なぜなら彼女はおポンコツ様なのだから。

エージェントGの捜査は続く――

5

ピコン！

赤木英雄の耳元に甲高い音が響いた。

「うぉああ⁉　あ、またレベルがあがったのか……？」

赤木英雄【レベル】84（3レベルUP）
【HP】7，355／7，355【MP】1，250／1，250
【スキル】『フィンガースナップLV4』『恐怖症候群LV3』『一撃』
【装備品】『蒼い血LV2』G3『選ばれし者の証』G3『迷宮の攻略家』G4
『アドルフェンの聖骸布』G3

「寝よう」

たまに無自覚にレベルアップすることに慣れてしまった赤木英雄は速攻で寝なおした。

恐怖症候群のせいで寝てる間にレベルアップしていることなど知るよしもない。

『恐怖症候群LV3』
恐怖の伝染を楽しむ者の証　他者の恐怖を経験値として獲得できる
LV3では獲得経験値に3・0倍の補正がかかる
【解放条件】１００人に恐怖症を伝染させる

指男の恐怖はまだまだ広がる——

6

【デイリーミッション】毎日コツコツ頑張ろうっ！
『鋼のメンタル　パワー』道ゆく者を「パワー！」で呼び止める　100／100
本日のデイリーミッション達成っ！
【報酬】『先人の知恵B』×5
【継続日数】24日目【コツコツランク】ゴールド　倍率5・0倍

最後までパワー型変態をやりきり、疲労困憊でキャンプ行きのバスに乗った。

しばらく、バスのなかでぼーっとして、思い出したように報酬を使った。

ピコンピコン！

レベルアップの快感でも依然として収支はマイナスだ。精神ダメージがデカすぎる。

最悪のクエストだった。他人に迷惑をかけちゃいけないって両親に育てられてきたのに、ここまで迷惑な存在にならなくてはいけないなんて。

「探索者ってすごいな、こんなデイリーをマストでこなしてるんだもんな……」

いつの日か、河川敷（かせんじき）でエクスカリバーを消化していた時、警察官に職質されたことがあった。生温かい眼差しをしていた。あの意味が今なら理解できる。探索者というのはどこか頭のおかしい存在と思われてしまっているのだろう。

この日、俺はすっかりメンタルをやられてしまい、ホテルで静養することにした。キャンプに行ったら、きっと俺の奇行のことを聞き及んだ者に白い目を向けられるのだろうと思ったからだ。恐ろしかった。嫌だった。

翌朝。

---

【デイリーミッション】毎日コツコツ頑張ろうっ！

『鋼のメンタル　パワー』道ゆく者を「パワー！」で呼び止める　0／100

【継続日数】23日目　【コツコツランク】ゴールド　倍率5・0倍

---

どうしてまた禁じられた筋肉が……っ、もう俺を殺せ。殺してくれぇ!!

——数時間後

なんとか瀕死の重傷でデイリーを完了する。
2日連続ってなんだよ。俺が何をしたって言うんですか。
お願いです、答えてください、デイリー、いえ、デイリーさん、いえ、デイリーさま。
翌朝。

【デイリーミッション】毎日コツコツ頑張ろうっ！
『鋼のメンタル　パワー』道ゆく者を「パワー！」で呼び止める　0／100
【継続日数】24日目【コツコツランク】ゴールド　倍率5・0倍

3日連続。この世界は壊れている。
何か致命的なバグが発生しているとしか考えられない。
その翌日にもパワーされ結果として俺は4日連続でパワーを極めることになった。
いつしか俺がデイリーとはすなわちパワーであるという気づきを得ることになった。
デイリーがパワーデイリーじゃないわけがない。パワーしか勝たん。
パワーこそ力。力こそパワーなんだよ。筋肉がパワーつまりパワー筋肉だ。
パワー、パワー、パワー！　イッヒヒヒ！

（新しいスキルが解放されました）

パワーの狂気の淵に沈もうとした時、天の声が俺を正気に引き戻した。

『鋼の精神』
最も恐ろしい敵は心折れぬ敵だ
パッシブスキル　混乱・怖気・発狂・喪失・洗脳への耐性が大幅に上昇する
【解放条件】　強靱な精神を鍛えあげる

なるほど。俺のパワーが、パワーしたということか。

俺は公園のベンチに腰掛け青空を見上げるパワー。

秋は過ぎ去り、すっかり冬の景色になって寒くなってきたパワー。

もう今年も終わりだパワー。

公園では群馬の子供たちが、地面に模様を描いて、けんけんぱっ、と謎の遊びをしている。群馬の伝統的な遊びなのだろう。季節のせいか、あるいは閑散とした公園で子供が楽しげにしているせいか、やたらペシミスティックな気持ちになってきた。

「パワーは俺を強くしてくれた。レベルも84にしてくれたし、いろいろありがとう、パワー。そして、さようなら、パワー。二度と戻ってくるなよパワー」

試練を乗り越え、狂気を乗り越え、新しいスキルを手に入れ、自信を新たにした俺は、4日ぶりにダンジョンキャンプへ足を向けることができた。

4日前の俺はもういない。まわりの視線に怯える俺は過去のものだ。

堂々たる足取りで、ダンジョンキャンプの真ん中を歩く。

わいわいがやがや、賑やかにしていた人混みがブワワッと割れていく。

戦争から帰ってきた英雄王凱旋のパレードのごとき光景だ。

出来上がった道を、ゆっくりと踏み締めるように俺は歩く。

恥など捨てた。そんなものくだらない。ヤケクソだ。他人にどう思われようと関係ない。

なんとでも言え。俺はおパワー様だぞ。

7

人々は数日ぶりの指男の登場に戦慄した。

ある者は悲鳴をあげ、ある者は避難をし、ある者は逃げだした。

耳をすませば聞こえてくる。

「指男だ……」

「頭のおかしいやつだ……」

「ママ、あの人、駅前で騒いでた人だよー？」

「こら！　見ちゃダメ。悪い病気がうつっちゃうから！」

「駅前で連日パワーって叫んでたの俺も見たぜ」

「指男、頭がおかしくなっちまったんじゃないのか？　近づかない方がいいな」

「いや、指男さまを見て。あの堂々たるお姿。そして、透明な眼差し」

「奇行をくりかえす変態ではあんな透き通った目はできない……！」

「指男は、俺たちには計り知れない目的のために動いていたんじゃないのか……？　もしかして世界平和――？」

指男は堂々たる足取りで、露店の並ぶ外郭エリアを抜けて、内郭へ足を踏みいれた。

その際、門を守る警察官へ挨拶をする。

警察官はどこか引きつった笑みをかえしてペコペコする。

恐いのだ。得体の知れない指男が。理解できない指男が。

「赤木さん、駅前では大人気だったようですね。一体なんでそんな奇行を？」

「狂気より舞い戻り、鋼の精神を鍛えあげるために」

指男は遠い目をして、自嘲げに微笑む。

修羅道は彼のその透き通った表情に、計り知れないものを感じた。

もう取り返しがつかないから、内心でヤケクソになっているだけとは知る由もない。

「スキル『鋼の精神』を手に入れたんですか？」

「え？　なんでわかるんですか？」

「やっぱりそうだったんですね！　あれは並大抵の精神修行では手に入らない超レアスキルです。雑魚スキル『フィンガースナップ』とは比べものになりません！　料理で例えるなら腐ったイワシと、とろ～り三種チーズ牛丼特盛温玉乗せくらいレア度が違います！」

「俺の指パッチンって腐ったイワシだったんですね……」

「『鋼の精神』を自力で手に入れてしまうなんて赤木さんは流石ですね。修行僧系探索者のなかでも、ここまで求道を行く人はいませんよ」

修羅道は「えらいえらい！　すごいすごい！」と指男を優しく撫でてあげるのだった。

それだけで指男はこの地獄の４日間を乗り越えてよかったと涙した。

「『鋼の精神』は人間の真髄ともいえる偉大なスキルです。存在そのものが特別です」

「へえ、なにか変わったことができるんですか？」

「言い伝えによりますと、『厄災シリーズ』を従えることができるとか……」

「厄災シリーズ？」

「人類文明を終わらせることができる異常物質たちのことですよ。生物型だったり、非生物型だったり、概念型だったりとさまざまな形のものが存在していて、これらは強力過ぎることから財団は厄災シリーズと呼んでいるんです」

「おお、そんな強力な異常物質をコントロールできるなんて勝ち確じゃないですか」

「しかし、厄災に認められなければ殺されてしまうとか……」

「え……」

「ふっふっふ、そうそう厄災シリーズに出会うことなどありませんから安心してください。あっ、そういえば、もうお昼でしたね。赤木さんは昼食召し上がりましたか？」

俺は首を横に振る。

修羅道は嬉々として、「一緒にご飯を食べましょう。わたし、お腹が空いてしまいましたっ！」とすっかり孤独になった指男を食事に誘うのだった。

ただ、指男とて、人の子。今の自分などと一緒にいては、この可憐な少女にいらぬ風評被害がいくのではないかという負い目が働いた。

「修羅道さん、どうして、俺なんかを……」

「なにを言ってるんですか。赤木さんとは一緒に冬キャンプに行った仲じゃないですか。

つまりわたしたちはお友達です！」

「修羅道さん……っ」

「ささ、食堂に行きましょう」

友達。修羅道が使った言葉に指男は目頭をおさえた。そうしなければ込みあげて来る熱いものをこらえられなかったからだ。これまで散々疎まれ避けられてきた彼にとって、修羅道の優しい心は何よりも明るく温かかった。

賑わう食堂で、ふたり向かい合って座る。

修羅道は山盛りステーキ肉の樹海定食を頼み、指男もステーキを頼むことにした。

「赤木さんはステーキにわさびをつけるんですね。それじゃあ、これとこれを交換こですっ！　う〜ん！　わさびステーキ美味しいですね！　もう1回交換こですっ！　えい！　う〜ん！　美味しい！　もう1回——」

「(お昼ごはんを交換こ、とか俺、青春してるなぁ……でもね、修羅道さん、交換してるの『白いご飯一口』と『わさびステーキ一切れ』なんですよね。それ交換レートあってますかね。俺のステーキほとんど持ってかれてませんかね。海老で鯛を釣るなんてレベルじゃないと思うのですが)」

結局、指男はほとんどのわさびステーキを持っていかれてしまった。

だが、修羅道が最後まで幸せそうだったので指男としてはそれで十二分に満足であった。

「そういえば、赤木さんがキャンプに来なかった間に、ダンジョンボス攻略隊が編成されていましたよ」

「え？　攻略隊って最後の戦いの……？」

「1日前のことなので、今頃はレイド戦を仕掛けている頃でしょう」

「俺も参加したかったです」

「今から行くんじゃ間に合わないと思いますし、何より危険ですよ。レイド戦では探索者を百人単位で突入させますが、それはあくまでダンジョンボスまでのルートが決まっていて、数的アドバンテージが確保されているから許可されているんです。ダンジョンボスの部屋は20階層。今から赤木さんが行くには道中がすでに危険ですし、たぶん着く頃にはレイド戦は終わってます！」

「そうですか……それじゃあ、今回はパスするしかないですね」

指男は名残惜しさを感じながら言った。

レイド戦に参加しなかったからこそ、修羅道との楽しい食事があったのだとポジティブに考えることにした。

8

レイド戦みんな行っちゃったのかよー。なんだよー、もうー、そんなのありかよー。

修羅道さんとの楽しい昼食を終えたあと、俺はちょっと不貞腐れながら、ダンジョンへ入ろうとし——あることを思い出した。

パワー地獄が始まる前、ドクターにムゲンハイールを返していたんだった。

翌朝に取りに行く約束をしていたが、パワーのせいでキャンプに近づけなかった——メンタル的に——から、必然的にドクターとの約束も無視してしまっていたのだった。

俺はキャンプの購買あたりをうろつく。ここら辺を徘徊してると、ドクターの方から見つけてくれるはずだ。

「やあ、指男」

「やっぱり現れましたかドクター」

「わしはどこだろうと湧くのじゃよ。して休暇は楽しかったかのう?」

「クソほど楽しくなかったですよ。休暇というか精神修行でしたから」

「ははは、そうか。いろいろと奇妙な噂を聞いているが、まあそれは置いておいて、と。

見よ！　この進化した『ムゲンハイールｖｅｒ３・５』を！」

「あれ？　ｖｅｒ３・０は？」

「爆発したんじゃが？　え？　言わなきゃわからんかのう？」

「腹立つ顔やめてください。普通に拳がでちゃいそうです」

「数日もらえたおかげで腰を据えてムゲンハイールの謎を調べることができたぞ」

「まさか、わかったんですか。自分で作った謎のアイテムの正体が！」

「ああ。何もわからないということがわかった」

もう本当にやめちまえよ。

「じゃが特性に関してはあらかたまとめられた。ほれ、これを見るといい」

---

グレード１　良質　←　10万円分のクリスタルが必要
グレード２　高級　←　20万円分のクリスタルが必要
グレード３　最高級　←　30万円分のクリスタルが必要
グレード４　伝説級　←　??万円分のクリスタルが必要

---

「たぶん、うん、こんな感じじゃと思われるのじゃ」

「あれ？　ちょっと自信なさげですね」

「検証はしたんですか。財団ならクリスタルも異常物質（アノマリー）もたくさんあるでしょう」

「え？」

「え？　え？　え？」

ドクターの目が泳いでいる。

「重要資源の保管庫は、修羅道ちゃんに守られてるから無理じゃ。こっそり忍びこんで、ちょーっとだけクリスタルを拝借したら、ハンマーを構えた修羅道ちゃんに見つかって『クリスタルとドクター、どっちを先に砕くか悩みますねっ！』と言われるんじゃもん」

流石は修羅道さんだ。不正は見逃さない。

「わしの発明したムゲンハイールは真・ひも理論から導き出された13次元モデルと、超粒子空間拡張理論をかけあわせ、次世代のダンジョンバッグとしてデザインした人工装備なんじゃ」

科学者ヅラしはじめたな。小難しい言葉をならべやがって。

「進化・変化は、バッグのなかを13次元空間とつなげる時に起こる超圧縮現象が、異常物質（アノマリー）とクリスタルの融合を誘発するために発生すると考えられる現象じゃな。異次元と深く関わっておるようじゃ。あるいは異次元の向こうの匠（たくみ）が等価交換の法則にしたがって神の摂理上での交易を行っているのやも……ふはは、深淵は底知れぬぞ」

「へー、なるほどね、完全に理解しましたよー」

「異常物質の進化はおそらく人類初めての現象じゃ。この功績を確実なものにして学会で発表したい。さあ、この『ムゲンハイールｖｅｒ３・５』を持っていくのじゃ！　ダンジョン攻略まで時間がない！　ダンジョンボスが倒され、攻略される前に、クリスタルを持ち帰り、十分なデータを持ってきてくれ！」

俺にも利のある話だ。それに、ドクターにはなんだかんだ世話になっている。

この老人が発明家として認められるため、協力してあげることもやぶさかではない。

俺はドクターに見送られゲートをくぐった。

もう1日も経たずにこのダンジョンは終結する。

最後のダンジョン探索をはじめよう。

1階層へ降りて来た。大変好評の『迷宮の攻略家』をかける。黒いレンズに1階のマップが表示されそれを空間へ投影、スマホで狩場を撮ってSNSへアップする。

さてと日課を終わらせて、次に向かうのは10階層なわけだが……なんだろう、『迷宮の攻略家』になにやらおかしな印が表示されている。

宝箱の表示ではない。となると、余計に気になる。

なんのマークだ。狩場でもない。もっとピンポイントで、ある1箇所を示している。前まではこんな表示はなかったはずなのに……考えてもわからないので、現場に行って確かめてみることにした。

通路を抜け、フロア内の階段——階層を移動する階段ではない——をくだり、うねうねした天然洞窟然とした道の奥、ようやく印の場所にたどり着く。

「この壁の向こうだな」

3Dマップを拡大すると、印の座標は物理的に侵入不可能な位置にあるとわかった。

壁をペタペタ触ってみる。硬い。ちょっと叩いてみる。

ダメだ。ソウルシリーズみたいに、攻撃したらすり抜ける幻の壁かと思ったのだが。

「ならば、力ずくだ」

俺は壁から離れて『フィンガースナップLV4』を構える。

壁がどれだけ硬いかは知らない。ただ、破壊不可能ではないはずだ。

かつて『ボス：無垢の番人』を倒した時に遺跡の一部を蒸発させた経験からすれば、およそATK60，000程度あれば、ダンジョンというオブジェクトそのものを破壊&蒸発させることができるだろう。

『フィンガースナップLV4』の転換レートはHP1：ATK100。

使うHPは600。

黄金の火花が親指と中指の隙間で生じる。以前は凄まじい摩擦のせいで、手が赤くなるほど力を入れないと指を鳴らすことができなかった。

だが、もうこれくらいなら力一杯に鳴らす必要はない。

俺はスナップを利かせ、軽く指を鳴らした。

――HP600　ATK60，000
――パチン
ダンジョンの壁の真ん中に紅光が生じる。紅光はみるみる大きくなる。

大量のエネルギーが1箇所に集中し、極熱が壁を溶解させ――爆発を起こした。

壁は跡形もなく消し飛んだ。壁の向こう側に空間を発見した。

まさか隠しエリアだろうか？　すごい。ワクワクして来た。

前まではこんな場所はマップに表示されていなかったことを思えば、地図からサングラスになったおかげだろうか。それともダンジョン攻略が目前にせまっているからか？

理由はわからない。わかるのは通常ではたどり着けないエリアに俺は足を踏み入れる権利を得たと言うことだけだ。

赤熱したマグマの池を飛び越えて、隠しエリアへ進む。

隠しエリアには階層間階段のような、黒いひたすらに長い階段があった。

どこに繋がっているのかはわからない。だが、どこかに繋がっている。ならば降りるしかあるまい。探索者はロマンには抗えない生き物なのだ。

意気揚々と俺は階段を下りはじめた。

9

無限階段というものをご存じだろうか。ペンローズだか、ビンローズだかが描いた視覚トリックをもちいた二次元のなかでだけありえる永遠に続く階段のことだ。

それだ。それなのだ。この暗い階段、永遠に終わる気配がない。

ダンジョンの階層と階層を繋ぐ階層間階段のごとく、暗くて単調などこまでも続く階段だ。普通の階層間階段も長いのだが、この階段の長さは異常にすぎる。

走ってみたり、歩いてみたりしたけど、まったく終わる気配がない。

もう20分は降り続けている。これはあれだ。ループする階段というやつだろ。

俺は知っているぞ。サブカルに馴染みがあり物語に触れて来た人間なら、こういう描写のひとつやふたつ思い浮かぶはずだ。って、冷静になっとる場合か。まずいだろう。

引き返すべきだろうか。でも、ここまでくだるのと同じだけの時間がかかるんだよな。

葛藤の末、もはや降りきるしかないと判断。本当に異次元に迷い込んだのだとしたら、引き返してもどうせ意味はないのだしね。

「お、出口だ」

絶望しかけていたが、出口は想像より早く現れてくれた。

長き階段の先には黒い扉があった。錆(さ)びついた重厚な鉄扉(てっぴ)だ。扉にはうっすらと霧がかっており、触れると固い。何者も霧の向こうへ進むことを拒んでいるようだった。

霧には無垢な白文字で『ボス：繰りかえす無垢の使命』と書かれている。

文字が潰れていて頭の方が読めない。だが、ボスなのはわかる。扉の雰囲気も『ボス：無垢の番人』と似ている。

隠しエリアの先、長い階段をくだってようやくたどり着けるボス部屋というわけだ。

きっとすごいお宝が眠っているに違いない。分厚い扉を押し開ける。

扉の先は案の定、古びた遺跡のようになっていた。

長い年月のあいだ誰も客が来ず、風化したいにしえの闘技場。

天井が遥(はる)か高いドームのような空間、その地上部にオブジェクトがある。

光をあびる白いソイツはぐったりとしていた。見たところ鳥類の類いだろうか、大きな白い翼を持ち、強靱な鳥足を折りたたんでいる。

全身に傷を負っており、羽がところどころ剝げている。黒い鎖が遺跡のあちこちから伸びていて、巨大鳥の全身に打ち込まれた杭に繫がっている。

鳥の近くには焚火をしているヌメっとしたデブが2体いた。

無垢の番人によく似ている。否、あれよりも身体が大きく強そうにすら見える。

デブたちは俺に気が付いた。すぐにランタンと鉈を手にとって向かってくる。

やはりバトルする必要があるのか。そう思い指を擦り合わせようとした時だった。

ドーム空間のまんなかの鳥が動いた。ジャラッと鎖が擦れる音がした。

デブたちは慌てて振り返る。太い黒鎖がブルルンッと激しくのたうちまわった。鳥は地を蛇のように駆け、デブの片割れをいとも容易く吹っ飛ばしてしまう。

壁に叩きつけられ動かなくなる。

残されたデブは黒いくちばしについばまれ、パクッと丸のみにされてしまった。

「ヂイイ――‼」

恐るべき巨鳥は身の毛もよだつ咆哮をあげた。

押し出される空気の圧だけで、ザザザッと押し返されるほどだ。

これまで戦って来たモンスターとは格が違う。

圧倒的だ。圧倒的に強い。短いキャリアで培われた俺の勘が告げていた。

鳥が鎖を引き千切り、地を這うように襲い掛かって来る。

フィンガースナップで鳥を真正面から爆破、しかし、それがどうしたと言わんばかりだ。

お構いなしにくちばしが突き出される。まるで電柱ほどもある太い槍だ。

回避は間に合わない。分厚いくちばしは俺の胸を突き刺した。

獲物を突き上げるカジキマグロのごとく宙へ打ち上げられた。ふわっと浮遊感を感じたのち、重力の重さが戻って来て、勢いのままに背中から地面にたたきつけられた。

全身が砕けるような激痛に襲われた。貫かれた胸には風穴が空いている。

一連の攻撃であらかじめ出しておいたステータス表示は砂嵐のように乱れる。それでも目を細めて視界端で数字を確認する——『【HP】2，405／8，155』……HPを6，000近く持っていかれた計算になる。

聖骸布がなければ死んでいたかもしれない。

ああ、これは戦いだ……間違いない——生死を賭けた闘争だ。

俺が求めていたものだ。指を鳴らすだけで消し炭を量産する作業ではない。

ただ一撃ですべての決着はつかない。負ける緊張など失われた色褪せた戦いではない。

ここには血の味がする。油断すればすべてのHPを削られてしまう。

「俺は待っていたのかもしれない、お前のような敵を」

巨鳥が再び突っ込んでくる。フェンシングのようなあの突きをもらえばおしまいだ。

俺は細く短く息を吐き、HP2，000を捧げ指を鳴らした。重たく、硬い。だがやらねば。やるしかない。溢れる血と傷を擦りあわせ軽やかな音を響かせる。

――パチンッ
「ヂィ⁉」

くちばしが俺の鼻先三寸までせまった時、黄金の破壊が巨鳥を飲みこんだ。

『フィンガースナップLv4』で2，000HPを使った。推定ATKは20万。

「ヂ、ヂィ！」

まだ生きている。まだ闘争が続く。

「すべてをぶつけさせてくれ」

がむしゃらに巨大な身体を暴れさせて襲ってくる巨鳥へ俺は猛烈に火力をぶつけ続けた。

両手で指を鳴らしまくり、攻撃を避け、身体に穴を空けられ、隙をついて蒼い血でダメージを回復させる。俺が求めていた傷の会話がそこにあった。

途中から俺はひとつの予感を得ていた。

敗北の予感だ。初めて負ける気がした。

俺と鳥に決定的な戦闘力差はない。俺は鳥の速さに対応できているし、相手も俺の速さに対応している。最大の差は鳥がボスであること。耐久力の面で差があった。

『蒼い血LV2』は絶え間なく使用され、MPはどんどん消耗されていった。

「っ！」

鳥のくちばしを避けようとした直後、横薙ぎに黒い鎖が振られていることに気づく。避けられない。俺は腕で頭を守って耐える。

衝撃まで1秒、0・5秒、0秒――硬い鋼の鎖が、ガードした側の肩と腕を粉砕、俺はすさまじい衝撃によって闘技場の壁に叩きつけられた。

「ぐほ、ボぇ……」

血の塊が喉奥から込みあげて来て、すべてを吐きだす。

痛い、恐い……こんなに強いボスがいるなんて……流石は隠しエリアというわけだ。

それでも20階層で攻略隊がレイド戦を挑んでいるダンジョンボスよりは弱いはず。

俺はふらっと立ちあがり、何度目になるかわからない注射をする。

しかし、注射が途中で機能しなくなった。ステータスを見やればすぐにわかった。

『【HP】7，369／8，115【MP】2／1，499』

MP切れだ。もう回復は使えない。

「俺は死ぬのか……」

敗北の予感が今までにないほどに鮮明に形をもった。

巨鳥のくちばしに胴体を食い千切られ、内臓をぶちまけ、物言わぬ肉塊と成り果てる。

そのビジョンが見えた。なるほど……楽しませてくれるじゃねえか。

「もう攻撃なんて喰らってはやらないぜ。だってよ、HPはダメージを受けるために使うより、敵にダメージを与えるために使った方がお得だもんなぁ？」

どうせHPが無くなるなら攻撃に使う。それが今までの俺の戦闘スタイルへの誠意だ。

死を恐れて逃げ回って、HPをじりじり削られて死ぬなど許されない。

赤木英雄、いや、指男、お前はこれまで蹂躙してきたんだろう。

ならば殺して来た分まで堂々と散るべきだ。短く息を吐き……さあ、すべてを捧げよう。

今できる全霊の攻撃を、すべてを賭けたフィンガースナップを。

スキル『一撃』を起動する。このスキルは困難な大敵にこそふさわしい。

【HP】7，368：【ATK】736，800×2.0
＝【ATK】1，473，600（147万3千600）

指に掛かる摩擦がとんでもない。歯を食いしばり、力を込める。

だめだ、動かない。指を鳴らせない。だが全力で擦ろうとする。親指の腹の皮が破ける。

血と肉が擦れ、黄色い火花とまじり、鮮やかな橙色となる。

ダメだ。指を鳴らせない。できない。

まるで金属の延べ棒を指でつまんで曲げろと言われているかのように硬い。

だが、ここで、ここで、やらないといけないのだ。ここで鳴らさなければ意味がない。

今ここで、今ここでやらなくて、一体全体いつ次があると言うんだ。

今日まで乗り越えて来た俺ならできる。やれるはずだ。デイリーミッション、毎日コツコツやってきたことには必ず意味があったはずなんだ。諦めるな、俺ならできる。

思い出せよ、積み上げた自信を！

「エクスッ、カリバー」

指が動く。血が弾ける。軽やかな音色が響き渡る。

——パチンッ
巨大な光が怪鳥の全身を包み込んだ。

七色に輝いたかと思うと、空気がたわみ、光が歪み、未曽有の大爆発を起こした。

ダンジョンが溶解して、向こうまで真っ赤な溶岩の湖と成り果てた。

直後、力が抜けて、膝から崩れ落ちた。

ステータスを見やる『【HP】０／８，１１５』ああ、やっぱり。

血が出てたからＨＰ削れてるとは思った。

くそ……ここ、まで、か……よ……――

「ちーちー」

俺が終わる瞬間、気の抜けた鳴き声が聞こえた。

それが誰の声なのか、俺は鈍い思考を働かせた。

死が完全に俺の意識を奪うまえに答えを得ることはできなかった。

10

「ちーちー」

まだ気の抜けた鳴き声がひびいている。

全身がギスギスと錆びついたように痛い。

瞼(まぶた)を開けるのさえ億劫(おっくう)だ。猛烈なだるさを感じる。

「ちーちー」

さっきから聞こえるこの声はなんだ。

泥のなかに脳みそを落としたのか。思考に通信制限が掛かってるように遅い。

だんだんと状況を把握できるようになり、自分という存在を認識し、時間の前後を思い出し、自分が直前までなにをしていたか考えが及ぶようになる。

記憶が連続性を復旧させ、ここに至るまでを思い出す。そうだ。俺は隠しエリアを進んだ先でとんでもない鳥のバケモノを見つけて……そして、闘争の末に死んだのだ。

死んだ。自覚すらあるというのに生きている。今の俺はどういう状態なのだ？

ステータスウィンドウを開いてみる。

---

赤木英雄【レベル】１００（16レベルＵＰ）
【ＨＰ】１，０００／１０，０１０【ＭＰ】２／２，０２０
【スキル】『フィンガースナップＬＶ４』『恐怖症候群ＬＶ３』『一撃』『鋼の精神』
【装備品】『蒼い血ＬＶ３』Ｇ４『選ばれし者の証（あかし）』Ｇ３『迷宮の攻略家』Ｇ４
『アドルフェンの聖骸布』Ｇ３

---

レベル１００だと？　いつの間にかＨＰが１万を超えている。ＭＰも２千を超えてる。

レベルアップしている、それも大きくレベルアップだ。半端（はんぱ）じゃない。

こんな経験値を獲得できるイベントなんて……もしかして俺、ボス倒したのか？

悶々(もんもん)とした気持ちがすこしずつ晴れやかになっていく。

そうか。俺はやったのか。死を越えて生還したんだ。

いい加減うるさい声の主を探すと、横たわる俺の胸のうえに白い鳥を発見する。

「ちーちーちー」

羽を休めており、こちらを見て首を傾(かし)げていた。

ちいさくて可愛(かわい)い鳥だ。SNSで見たことがある子にそっくりだ。

名前はなんだったかな。うーん……あっ思い出した、シマエナガだ。

北海道に分布してるエナガという小鳥の亜種だったか。その子にそっくりだ。

しかし、なんでこんなところにシマエナガがいるのだろう。

襲ってくる気配はない。敵ではないようだ。

いや、それどころか安心しきってる？

目を瞑(つぶ)って睡眠態勢に入ろうとすらしているし。無防備だな。逆に心配になる。

鳥を胸ポケットに入れて立ちあがる。

俺が寝ていたのはさっき闘争を繰り広げていた古い闘技場のボスエリアだった。

最後に放ったフィンガースナップのせいで真っ赤なクレーターができているので、さきほどの戦いは夢とかではないのだろう。

さっきのボスがいないことを考えれば、やはりギリギリ倒し切れたと考えるべきか。

倒したということは何かをドロップしているはずだ。

俺はくたくたになりながらも「どこだ、俺のものだ、俺のボスドロップだ」と浅ましく報酬をさがす。しかし、ボスドロップらしきものは見つからなかった。

結果としてひとつだけ奇妙なものを発見した。

厳密には気づいたと言うべきだろうか。

俺の胸ポケットですやすや眠るこのシマエナガだ。

この可愛い子なのだが……どうやら異常物質(アノマリー)らしい。

撫(な)でたらアイテム表示が出て来たので間違いない。

アイテム名は『厄災の禽獣(きんじゅう)』となっている。詳細を開く。

『厄災の禽獣』
かつて世界を滅ぼした凶鳥　あなたは厄災の主人となった
厄災の禽獣は鋼の精神を認めた　世界を滅ぼすも続けるもすべて自由だ

かつて世界を滅ぼした凶鳥……明らかに説明がやばい。

待てよ。『厄災の禽獣』だと？　これってもしかして修羅道さんが言っていた『厄災シリーズ』なのでは。『鋼の精神』についても言及されてるし……間違いない、厄災だ。

でも、説明文を見た限り、俺は厄災を従えることに成功したとある。

つまりもうこの可愛い鳥シマエナガは俺の仲間ということだろうか。

「もしかして、シマエナガさん、俺のこと認めてくれたんですか」

「すや～」

眠っていらっしゃる。とても可愛らしいので恐縮ながら撫でさせてもらおう。

ああ癒(いや)される。名前は何にしよう。シンプルにシマエナガさんとかがいいかな。

むむ。そうこうしているとシマエナガさんのステータスが現れた。

---

シマエナガさん【レベル】1
【HP】10／10【MP】10／10
【スキル】『冒瀆(ぼうとく)の明星』

---

この子、スキル持ちだ。『冒瀆の明星』というらしい。

ちょっと見せてくださいな、っと。

『冒瀆の明星』
世界への叛逆　暗い世界を荒らす導きの明星
死亡状態を解決しHPを1，000与える
720時間に1度使用可能　MP10，000でクールタイムを解決

ついに生と死の理を書き換えるタイプの子が出てきた。

バケモノだ。白くて、ふわふわですけど、バケモノだ。

この能力のおかげで俺は復活できたんだろう。謎がひとつ解けた。

ありがとうございました、シマエナガさん。

「HPもMPも10だけか。意外と弱い……いや、レベル1なんだ。ここから育てていけば強くなるって話なのかな」

俺はぐっと伸びをして深くため息をつく。足早に地上へと帰還することにした。

「ん、奥に部屋があるのか」

サングラスに闘技場の奥に部屋があるというマップ情報が記載されていた。

足を向け壁に穴を空ける。先は隠し部屋になっていて、宝箱が5つも置いてあった。

ほう。いいじゃないか。隠し通路の先に隠しボス。最後にまた隠し部屋。

こちらの疑心を試してくる構造、嫌いじゃない。

## 11

恐ろしい風貌の巨人が、大きな鉈を取り落として、膝から崩れて転倒する。

巨人の湿った肌には無数に傷が刻まれている。

古びた闘技場で息絶えた巨人のまわりで、探索者たちは油断なく武器を構え続ける。

転んだ巨人は動かないまま、サーっと光の粒となって消えていく。

光の粒は戦いに貢献した探索者たちのもとへ散らばっていく。

この瞬間をもって、群馬クラス３ダンジョン20階層最奥のボス部屋にて『ボス：無垢の巨人』が討伐された。

「やったぞ！　俺たちが勝ったんだ！」

「おそろしいバケモノだった！」

「今度こそ死ぬかと思ったが、ああ、まだ生きているなんて信じられない！」

レイド戦に参加した探索者たちは口々に勝利と生還を喜んだ。

戦いを監督していた世界最強の探索者の1人――Sランク探索者の一角『ミスター』は、浮かれる者らを見て油断ない顔をしていた。

すぐにダンジョンキャンプでは祝勝会がはじまった。古来より続く伝統で、ダンジョンボスを倒したらすぐに豪華なパーティがはじまるのだ。

探索者たちも、財団職員らも皆がすっかりお気楽ムードであった。

ミスターだけが1人浮かない顔をしていた。

「どうしたのである、皆、喜んでいる。フライパンで踊り狂うハンバーグのように」

大物探索者『ハンバーグ』後藤は渋い声でミスターにたずねた。

ミスターは「いやなに」と、大したことじゃない、というニュアンスで口を開く。

「20階層のダンジョンボスにしてはすこし弱かったな、っと思ってな」

「やはり究極にこねあげられたSランクハンバーグは違う。今回のダンジョンボスはミディアムレアと言ったところ」

「よくわかってるじゃないか。こういうダンジョンは大抵もっと強い本命のダンジョンボスを抱えているもんだ」

ミスターは後藤と顔を見合わせた。

「だが、ダンジョンは間違いなく死んだ。ダンジョン対策部に確認したから間違いない。

確実にダンジョンはボスを失い崩壊へ向かっている。数日で崩壊は顕著になる」

「良いハンバーグの香りがする。上質で密かに成長する芳醇なるひき肉の鼓動」

「もしかしたら真なるダンジョンボスは別にいて……そして、まだ誰も知らない実力者によって倒されたのかもしれない」

ミスターは顎に手を添え、自身の推論の現実味を考える。

結果、フッと鼻を鳴らして「馬鹿げているか」とつぶやいた。

12

その日、群馬県某所に出現したクラス3ダンジョンが攻略された。

赤木英雄が可愛いペットを手に入れて、収穫の入ったダンジョンバッグを抱え、ホクホクした顔で満足げに地上へ帰ってくる頃には、攻略後に慣例的に開かれる祝勝パーティもお開きムードになっていた。

「雪か」

暗黒の空が白いひらひらと舞う雪に色気づく。

漆黒の宇宙からの贈り物に、年末特有の寂しげな気持ちになる。

「おーい指男、遅いではないか、待っておったぞ！」

出遅れた赤木英雄を唯一待っていてくれたのは、財団でも爪弾きにされるほどの変人ドクターだけだった。走ってきたため息を切らして、寒さに頬を紅潮させている。

「ほう、クリスタルを30万円分回収して来たか。流石は指男、サファイアブローチのプロフェッショナルは違うのう！」

「30万円分だと、G3をG4にできるんですよね」

「理論上はそのはずじゃ」

赤木は悩んだ末に、いつもお世話になっている『蒼い血LV2』を『ムゲンハイールver3・5』のなかへ入れた。蓋を閉じ、ふたたび開けばクリスタルの大部分が失われ、ピカピカっと輝く注射器が、デパートのショーケースの高級時計のように鎮座していた。

---

『蒼い血LV3』
古の魔術師が使っていた医療器具　MP1で充填
使用すると体力を回復する
【転換レート】MP1：HP40

---

「おや、仕様が変わったようじゃな」

以前より細かく使えるようになっていた。

『LV2　MP10＝HP200』

↓

『LV3　MP10＝HP400』

さらに、回復総量の点から見ても、MP10あたり200回復だったのに対して、LV3ではMP10使えば400は回復できるようになってる。完全上位互換だ。

「やはり、仮説は正しかったようじゃな。ありがとう、指男、おぬしのおかげでいいレポートが書ける。次に会う時はわしも一廉（ひとかど）の発明家じゃ」

「いえいえ、こちらこそありがとうございました。これ返しますね」

赤木は『ムゲンハイールver3・5』のなかのクリスタルを素手で回収して、『小さな宝箱』のひとつに入れた。借りものをドクターへ返す。

ドクターは受け取り「うむ」と言ってうなずくと、赤木へ背を向けた。

「ではな、指男。またダンジョンが現れるその日までお別れじゃ」

「はい。ドクター。研究頑張ってください」

「おぬしもな」

こうして２人は互いに反対方向へ歩きだした。

馴れ合いなど似合わない。ごく淡白な別れだった。振り返ることもなかった。

赤木英雄はしんしんと雪がふる中を１人で歩き、ダンジョンキャンプ対策本部テントの査定窓口へ。

「あれ、修羅道さんはいないんですか？」

そこに修羅道はおらず、本来は査定窓口にはいない財団職員の女の子が立っていた。

「こんにちは、指男さん。修羅道さんは急用でキャンプを離れられましたよ。ほとんどの査定はすでに終わっていますので、残りの業務は私が引き受けることになりました」

「そうなんですね。それじゃあ、このクリスタルの査定お願いします」

---

【今日の査定】
小さなクリスタル　×４　平均価格２，１３０円
クリスタル　×４　平均価格４，７９７円
大きなクリスタル　×３　平均価格１４，２５４円
小さな宝箱　×５　価格２０，０００円
【合計】１７０，４７０円

【ダンジョン銀行口座残高】２，１６６，６６９円
【修羅道運用】６，０２２，９８３円
【総資産】８，１８９，６５２円

赤木は礼を言い、アプリで入金を確認し、査定所を離れようとする。

「待ってください」

「え？」

「スキルと異常物質(アノマリー)の更新をお願いします」

「どういうことですか」

「新しいスキルと異常物質(アノマリー)について、財団は詳細に把握して記録する必要があります。探索者には知らせる努力義務があります。特別な事情がない限りは、情報共有をして欲しいのですが……特別な事情がおありですか？」

（プライベートを侵されているようでちょっと不安ですけどねえ、本当に教えて大丈夫なやつですかぁ？　ていうか、今までそんなのなかったじゃないですか。どうなってんすか、ちょっと！）

「これまでは他者のステータスを覗(のぞ)き見できる修羅道さんが更新してくれていましたが、

私には特別な能力はないので、今日のところはご自身で更新をお願いします」

（修羅道さんの前ではプライベートも何もない件について）

「あちらのエージェントのもとへ行って更新作業の協力をお願いいたします」

赤木はテントの一角で、財団の職員とともに更新作業を行う。

「それアメジストですよね。知ってますよ。最近、宝石のことも動画で調べてて」

「酒に酔わず、真実の愛を守る。気高さと信念の石だ。だから、エージェントはアメジストのブローチを身に着ける」

エージェントは赤木のステータスを見て「すごいレベルだな……」と驚愕に目を見開きながらも、ステータス情報をタブレットに入力していく。

赤木は装備品からいつのまにか『厄災の禽獣』が消えていることに気が付いた。

（あれ？　シマエナガさんがいなくなってる？）

「著しく消耗しているが、何かあったのか？」

「なかなか手強いボスモンスターと戦いまして」

「お前は資源ボスを1人で倒す猛者だったな。また狩りをしたというわけか」

「逆に狩られそうでしたけど……それで『厄災の禽獣』を拾ったりして。クソほど長い階段を昇って来たところでして」

「ん、待て、指男。今『厄災の禽獣』と言ったのか？」

「ええ。Ｇ６の召喚モンスターでしてね──」

赤木が言いかけた瞬間、財団職員はタブレットを落とす。

話し声を聞いていたほかの財団職員たちも、赤木の発言に言葉を失った。

「神器級の異常物質（アノマリー）を見つけたのか……？」

「指男それは今どこにいるんだ⁉」

「どうしてそれを黙っていた！　なんのつもりだ！」

「本部に連絡だ……ッ、まずい、まずいぞ！」

「嫌だ、嫌だ、まだ死にたくないッ‼」

「この地域ごと焼き払われることになるぞ、俺たちもろとも……！」

「病気が、病気が、細菌が……っ！　嫌だぁああ！」

テントの中は大パニックに陥った。赤木は目を丸くして、おろおろするしかない。

「待て‼　皆、落ち着け‼」

赤木のステータスをチェックしていたエージェントは大声を出して場を制した。

静まり返ってから、質問を続けた。

「指男、そのＧ６はどこにいる？」

「え……いや、そのさっきまで胸ポケットで寝てたんですけど……今はいないですね。どっか行っちゃいました」

「続きを聞こう」

「このテントにやってきた時には、いなくなってて……どっか行っちゃったとしか言いようがないですね……」

「そうか。いなくなってた、か……ふふ、ふははは！」

財団職員たちがホッと胸を撫でおろし、安堵の表情を浮かべる。

「騙されるところだった、指男。だが、私たちはそうたやすく引っかかってはやらない」

「びっくりしちゃった。ジョークだったのね」

「だいたいG6の生物型異常物質に遭遇して、普通に帰ってこれるわけがない」

「冷静に考えれば、わかることだった」

「いや、本当にいたんですよ。たぶんボスドロップで、これくらいの白い塊で」

「もういいって。指男は財団をまだよく知らないだろうが、我々はプロフェッショナルだ。嘘はわかる」

「どうやって、わかるんです？」

「異常物質は特別な磁気を発していてな。放射線と言い換えてもいい。厳密には違うが。

異常物質(アノマリー)の中には民間の探索者の手には負えないものも存在する。そういうのは決まって『異常性(アブノーマリティ)』が高いから、財団が回収する手はずになってる。そのために、キャンプに張り巡らされた66個のセンサー群が、異常性(アブノーマリティ)が高い異常物質(アノマリー)を感知すれば、すかさず警報が鳴るのさ」

「だから、俺は嘘をついていると」

　エージェントは深くうなずいた。

「もう行っていいぞ。更新作業は終了した」

　赤木はテントを後にした。話を信じてもらえなかった悔しさ以上に、G6という異常物質(アノマリー)について考えを巡らせないわけにはいかなかった。

（みんなの怯(おび)えようはただ事じゃなかった。シマエナガさん……財団に見つかったらきっと捕まっちゃうんだろうな。もともとオカルティで怪しげな組織だ。シマエナガさんを財団に渡すことはできない。絶対に酷(ひど)い目に遭わされてしまう。俺が守護(まも)らねば）

　夜の闇の中。キャンプの内郭を抜けたあたりの枝で厄災の禽獣を発見した。

　手を伸ばすと、指にそっと乗ってきた。

「どこに行ってたんですか、シマエナガさん」

「ちーちーちー」

「もしかしてキャンプの警報装置に気が付いて勝手に逃げたんですか?」

「ちーちー」

「頭が良すぎませんかねぇ……う~んよちよち~。撫でられるのが好きなのかぁ~可愛いなぁ♪ ぺろぺろ、くんくん、食べちゃうぞ、ぱくぱく」

「ち~♪」

IQ3まで低下した赤木の奇行を受けるも、厄災の禽獣は心なしか嬉しそうだった。

# 赤木英雄（あかぎひでお） 探索者

## 指男

JPN RANK B SEACHER

### PERSONALITY 性格

自惚れ屋　卑屈　忍耐強い

### SKILL スキル

『フィンガースナップ』 LV 4
『恐怖症候群』 LV 3
『一撃』
『鋼の精神』

### EQUIPMENT 装備品

『蒼い血 LV 3』 G4
『選ばれし者の証』 G3
『迷宮の攻略家』 G4
『アドルフェンの聖骸布』 G3

### STATUS ステータス　LV 100

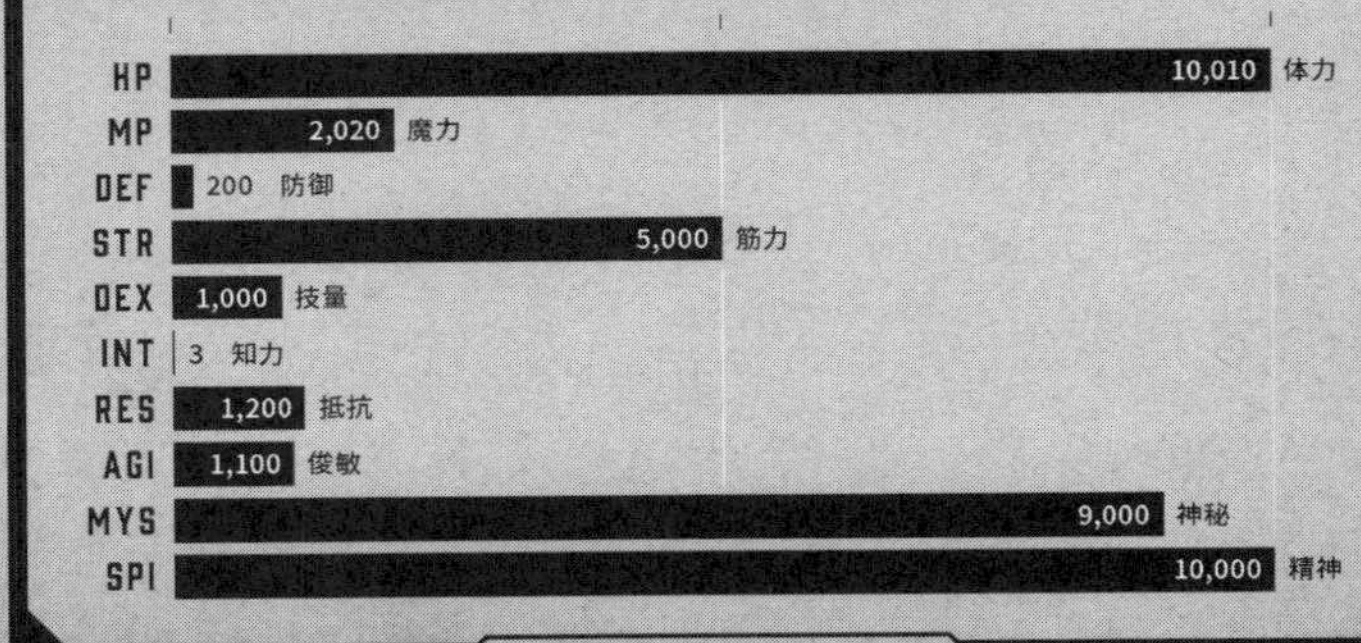

# エピローグ　ダンジョンの終わりは苦くて甘い

シマエナガさんを守り抜くと決めながら、夜の寒さに黄昏る。

キャンプの隅っこの串焼き屋で怪物エナジーを片手に、どこからともなく聞こえてくる祭囃子に耳を傾けていた。

ダンジョンの出現から攻略完了まで地域ではお祭り騒ぎになる。それは、ダンジョン関連の政策で、国と財団からさまざまな助成金が地方自治体に入ること以上に、より直接、探索者の活躍を祝うという意味が込められている。

探索者とはすなわち現代の英雄なのだ。なので、夏祭りの時にしか活躍しない地元の男たちは神輿をかつぐし、太鼓を叩くし、笛を吹いて英雄の戦いを祝福する。

もう今年も終わる。なんとも季節外れな音色だが、悪い気はしなかった。

ひとつ心残りなのは、最後に修羅道さんに会いたかったということ。

遠ざかる笛と太鼓の音色のなかでそんなことを思っていると、なんともノスタルジックな気分になるもので、かつての記憶に思いを巡らせたい衝動に駆られた。

あれはいつのことだったろうか。ずっと昔の記憶。10年近く前になるだろう。

中学2年生の8月のことだ。おぼろげな記憶を遡れば、思い出の狭間（はざま）を赤い髪の毛がサッと横切る。ああ、そうだ、あの人もそう言えば赤い髪だったか。

俺には当時好きな人がいた。と思う。記憶はあいまいである。よほど手酷（てひど）く脈無しを悟ったのか、自分の心を守るために俺自身が記憶を抹消したのか。今となっては覚えてない。

夏休みというものは、学生にとって特別なものだ。

色恋沙汰のすべてがそこに帰結する。

普通なやつだった俺にとっても、それは例外ではなくて、記憶の向こうにとうの昔に姿を消してしまったあの人を、俺もお祭りかなんかに誘おうとしていた気がする。

熱が出るほど頭を悩ませたすえに結局、俺は誘わなかった。

件（くだん）の彼女とはそのあとは何もなく、中学生という眩（まばゆ）い青春時代は風のように過ぎ去った。

神は二物を与えないと言うが、世の中には顔が良くて女子にモテて、勉強もよくできて、運動にも優れるという三物でも四物でも持っているやつが存在する。

他方、俺のように勉強もできなければ、大学卒業を控えてなお彼女の1人もできたこともなく、デートしたこともないような一物も与えられなかった者もいる。

あの夏祭りは俺のなかでもどこか忘れがたい。

「ぐっ、闇の思い出が……」

もう大学生も終わるというのに、俺はあの頃から変わっていない。

レベルアップして強くなって、マッチョになって、それにともなって顔が締まってすこしイケメンになったが、それは本質的な変化を意味するものではない。

否、俺が認めていないと言うか。たとえ俺の外見がよくなったからと言って、それによって変わる諸環境、諸待遇にどれほどの本質、真実性が宿ると言うのか。

嘆息して無益な思考をきりあげて、さっさとホテルへ帰ろうと席を立つ。

と、その時、頰に熱い感覚が走った。

「アツッ⁉」

「あはは、慌てすぎですよ、赤木さん」

「しゅ、修羅道さん？」

背後からホット缶コーヒーによる不意打ちを喰らっていた。

ダンジョン財団受付嬢は暗殺スキルまで履修していると言うのだろうか。

「修羅道さん、いたんですね。さっきは対策本部のほうにいなかったので、てっきりキャンプを出てるのかと」

「わたしはいつでもどこにでもいますよ。それが受付嬢のお仕事ですからね」

明るく微笑み「お腹すいちゃいました、飲み物と食べ物を交換こしましょう」と言って、俺の串焼きを奪い、代わりに缶コーヒーを俺の手にはめてくる。相変わらず交換レートがあってない気がする。

なんだかいい雰囲気だ。祭囃子が遠くで聞こえる。

ベンチにふたり腰かけ、ゆったりと終わりゆく時間を過ごす。

ダンジョンの終わり。それはどこか物語の終わりのような哀愁を纏う。

日本だけでも無数のダンジョンがあって、世界ともなればその数は膨大。

探索者はみんな雇われ傭兵、すなわちフリーランスだ。パーティやギルドを組まない限り、一度たりとて同じメンバーで攻略をすることもない。それはアルバイトで派遣される受付嬢も似たような立場だと思う。

修羅道さんとの出会いはこれが最初で最後なのだろう。馬鹿でもわかる。

もしかしたら大学で会えるとは思うが、もう大学に行く予定はないとか言ってたし……わざわざ呼び出して会えるほどの人間的魅力を俺が備えているとも思えない。

ここで繋がりが終わればそれはすべての終わりだ。

それはなんというか……嫌な感じだ。

修羅道さん、どこか不思議で、秘め事をもってそうなその雰囲気に、俺は心惹かれているとでも言うのだろうか。おふざけなしに、俺がそんな器であると言えるだろうか。

修羅道さんはとても美人さんだ。可愛い。

だが、俺はそれだけの薄っぺらい動機で彼女を好きであると述べようとしている。

そこに真実性はない。宿らない。それを認めれば俺は俺が糾弾してきた青春社会の奴隷になりさがる。それは許されない。俺は過去の俺を裏切れない。

だから、俺は修羅道さんとの別れを受け入れる。

それがこれまで通りのクールな赤木英雄だからだ。

人生は一期一会という。彼女は次のダンジョン現場へ赴いた時、俺を忘れる。

それは避けられない因果の力だと受け入れる。

「それじゃあ、わたしはこれで。ダンジョンはすぐに崩壊がはじまるでしょう。財団はこの地から撤退しなくてはいけません。ですが、その前にSCCL適用異常物質を発掘しなくてはいけません。確実に収容するのが財団の使命。さあ気を引き締めなくては」

「はい。それじゃあ、また」

また。ありもしない次を期待する浅ましい言葉だ。

「ではでは、さようなら、赤木さん、良いお年を～」

修羅道さんは串焼きをパクパクしながら行ってしまった。

嵐のように騒がしく明るい彼女が去れば、あとに残るはより際立つ静けさだ。

しんみりした気持ちになって、俺は缶コーヒーのプルタブをパキッと開ける。

「はぁ、苦いな」

年末の夜空に、白い吐息がのぼっていく。大学生最後の年末。これで終わりだ。

修羅道さんとの日々、わずか一ヶ月足らずだったが……彼女は俺にいろいろと構ってくれた。初日に出会い、手続きをしてもらい、査定をいつもしてもらって、昼食までたびたび一緒にした。ふたりで冬キャンプにも行った。

贅沢すぎる時間だった。楽しかった。それでよい。それで終わればいい。

それが俺という人間。いままでの自分を裏切ってはいけない。嘘をついてはいけない。

だから潔く受け入れよう。苦いコーヒーを最後にひと口すすりベンチを立とうとする。

「赤木さーん」

見やれば、修羅道さんがタッタッタッと戻ってきていた。

「はいどうぞ。わたしのメッセージのＱＲコードです」

「へ？」

「連絡先を交換こしましょう」

スマホをひょいっと奪われる。

「これで交換こ完了です。では、また次のダンジョンでお会いしましょう。今度こそさようなら〜です。束の間の休暇、しっかり休まないとダメですよ、赤木さん！」

修羅道さんは今度こそキャンプの奥へと行ってしまった。

もう彼女は戻ってこなかった。

茫然としていた意識がゆっくりと現実を思い出し、俺のスマホの連絡先にたしかに『修羅道』なるものが追加されているのを確かめる。

青天の霹靂というのだろうか。なるほど、こうして人生には予想外のことも起こるのか。

幸運など使い果たしたと思ったが……ブチ、もしかしてお前が引き寄せてくれたのか？

「向こうから連絡先をたずねてくれたなら裏切りにはならない……」

言い訳を重ねながら、寒空のした、コーヒーをひと口、唇を湿らせる。

ブラックコーヒーがどこか甘く感じられた。

# あとがき

こんにちは、作者のムサシノ・F・エナガです。

かつてはファンタスティック小説家を名乗っていた時期もあったかもしれません。

書籍版を手に取ってくれた方、WEB版を読んでるのに書籍まで買ってくれた方、まずはお礼を申し上げます。お買い上げありがとうございます。

作品を発表するにあたって、どれだけ作者が前にでるか——これは全作家にとってひとつの課題であります。妙なあとがきを書いて作品の読後感を邪魔するわけにはいきません。本編はいま鮮やかに終幕し、読者の皆様の脳裏には、寒々しい年末の夜と、星空の下で温かなコーヒーをすする赤木英雄(あかぎひでお)の姿があるのですから。

作家は目立つ必要はないのです。事実を淡々と伝える使命さえこなせば、それでまったく良(い)いのです。え？　ライトノベルはフィクションだらけ？　異世界ファンタジー？　なにをおっしゃる。あれはノンフィクションです。事実です。古事記にも書いてあります。

当然でしょう。事実にないことを書いたら、ただの嘘(うそ)つきです。小説は事実を伝える。これが鉄則です。異世界転生は実在しますし、当然ダンジョン財団も存在します。異能力者もいます。幼馴染ラブコメがノンフィクションなことは今日では有名な話です。

世界は不思議で満ちています、知らない現実で溢れています。

ムサシノ・F・エナガはそんな世界を伝える作家です。


最後に関係者の皆様へ謝辞を述べさせていただきます。

編集の伊藤様、カクヨムコンテスト7で大賞に推していただき、またデビュー作である本作にて右も左もわからない私を導いてくださり感謝の言葉もありません。

絵師の天野英様、素晴らしきカバー絵、口絵、挿絵を描いてくださりなんとお礼を申し上げたらよいか。あなたは天才です。ノンフィクション作家の言葉です。信じてください。

読者の皆様、皆様のおかげでこの作品は本になっています。この書籍版を買ってくれた方も、ＷＥＢ版から読んでくれている方も、本当にありがとうございます。

2巻出せたらいいなと思いながら、今回はこのあたりで筆を置かせていただきます。

大学卒業後、小説家として生きていくか悩みながら、埼玉県辺境にて。

二〇二二年十月　ムサシノ・F・エナガ

お便りはこちらまで

〒一〇二－八一七七
ファンタジア文庫編集部気付
ムサシノ・F・エナガ（様）宛
天野英（様）宛

# 俺(おれ)だけデイリーミッションがあるダンジョン生活(せいかつ)

令和４年12月20日　初版発行

著者——ムサシノ・F・エナガ

発行者——山下直久

発　行——株式会社KADOKAWA
〒102-8177
東京都千代田区富士見2-13-3
0570-002-301（ナビダイヤル）

印刷所——株式会社暁印刷

製本所——本間製本株式会社



ISBN978-4-04-074800-9 C0193

この少年
すべてが
天上優夜
異世界で
レベルアップした結果、
最強の身体能力を
手に入れた少年
シリーズ好評発売中！

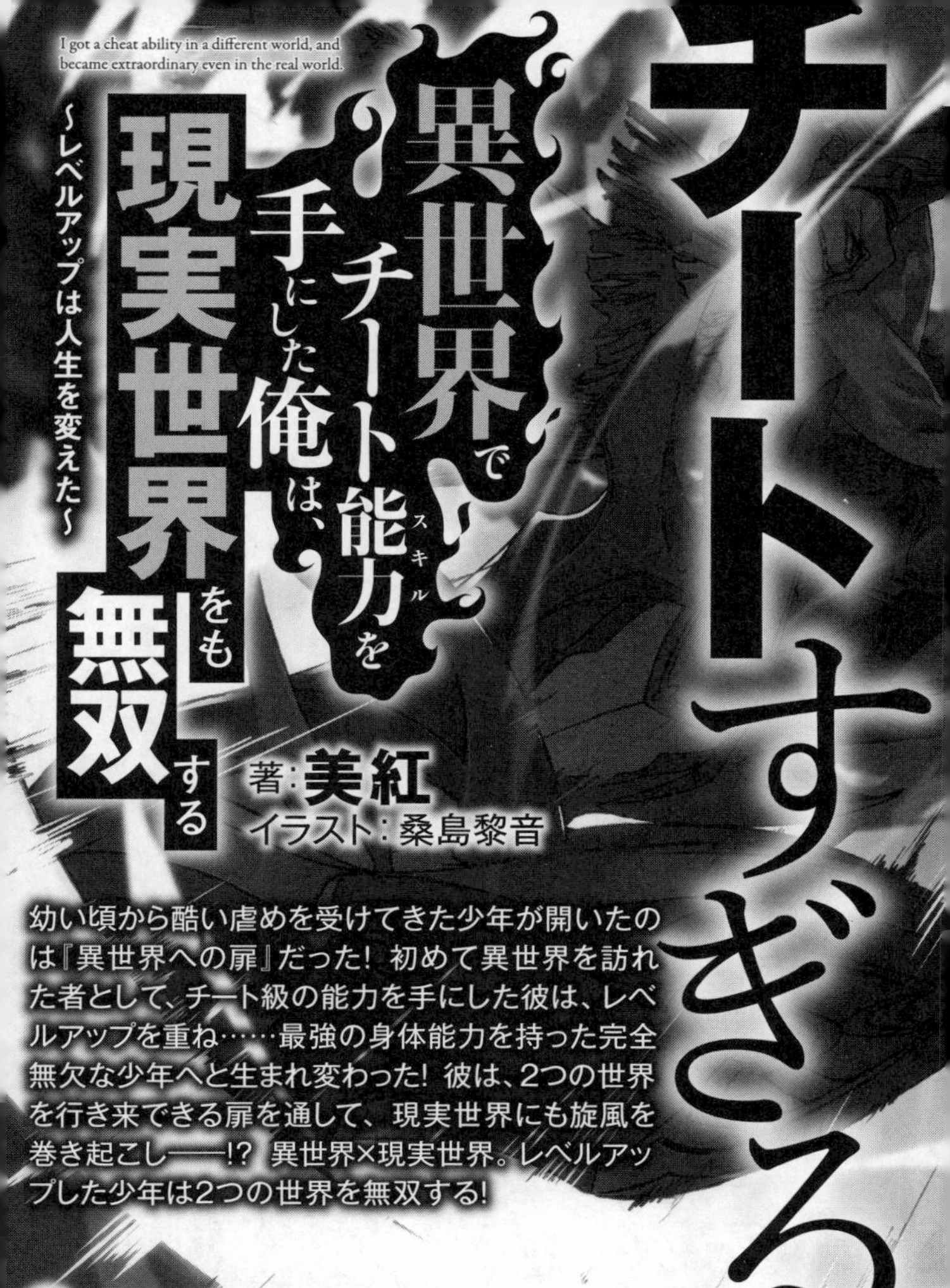
チートすぎる
I got a cheat ability in a different world, and
became extraordinary even in the real world.
異世界でチート能力を手にした俺は、現実世界をも無双する
スキル
～レベルアップは人生を変えた～
著：美紅
イラスト：桑島黎音
幼い頃から酷い虐めを受けてきた少年が開いたのは『異世界への扉』だった！ 初めて異世界を訪れた者として、チート級の能力を手にした彼は、レベルアップを重ね……最強の身体能力を持った完全無欠な少年へと生まれ変わった！ 彼は、2つの世界を行き来できる扉を通して、現実世界にも旋風を巻き起こし――!? 異世界×現実世界。レベルアップした少年は2つの世界を無双する！